I0751733

L'ARMURIER DE QUÉBEC

1re SÉRIE IN-12.

L'ARMURIER
DE QUÉBEC

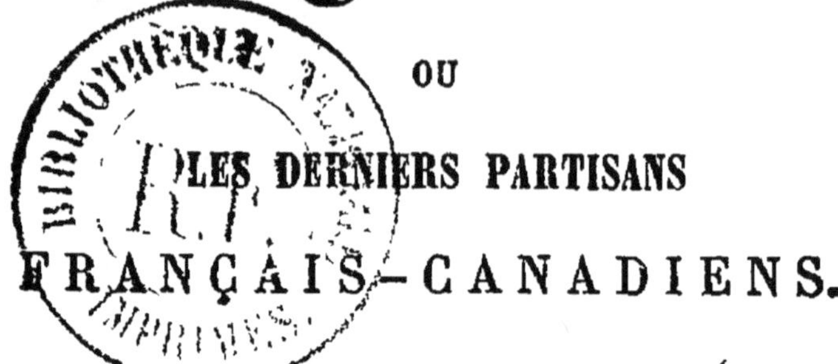

OU

LES DERNIERS PARTISANS

FRANÇAIS-CANADIENS.

PAR

WILLIAM D'ARVILLE.

LIMOGES
EUGÈNE ARDANT ET Cie, ÉDITEURS.

INTRODUCTION HISTORIQUE.

Sur le versant de l'océan Atlantique, borné à l'est par le Labrador, au nord et à l'ouest par le territoire de la compagnie d'Hudson, au sud par les Etats-Unis et le Nouveau-Brunswick, s'étend une vaste contrée dont la longueur totale peut être évaluée à mille six cents kilomètres, sa largeur à quatre cents, et sa superficie à soixante-quatre mille kilomètres carrés. C'est le Canada, qui porta le nom de Nouvelle-France; ce furent les Français qui les premiers y portèrent les germes de la civilisation, découvrirent ses grands lacs, pénétrèrent dans ses forêts séculaires et parcoururent ses immenses prairies.

En 1497, Sébastien Chabot, navigateur au service de Henri VII, roi d'Angleterre, en reconnut la côte; en 1523, l'Italien Verrazani, au service de François Ier, la reconnut de nouveau, en prit possession au nom de la France, et lui donna le nom de Nouvelle-France; en 1534, Jacques Cartier, Français, explora le fleuve Saint-Laurent, le remonta jusqu'à l'île de Mont-Royal (Montréal), et fonda le premier établissement français ou port de Sainte-Croix, érigé en colonie, tandis que Laroche, sieur de Roberval, fondait le fort de Charlebourg. En 1603, par ordre de Henri IV, on fit de nouvelles tentatives de colonisation, et Samuel Champlain, qui avait déjà fait un voyage dans ce pays, jetait, le 3 juillet 1608, les fondements de la ville de Québec. En 1617, une compagnie fut créée pour accroître la colonie, mais les éternels ennemis de la France l'attaquèrent dans le but de s'en emparer; leurs tentatives échouèrent durant cent quarante-deux ans, et ce ne fut qu'en 1759 qu'ils en dépossédèrent les Français par la prise de Québec. « Rien de plus émouvant, dit Malte-Brun, que l'histoire trop ignorée parmi nous des guerres soutenues par les Français avant de perdre le Canada; il s'y passa des événements qui, en Europe, auraient suffi pour signaler à la reconnaissance nationale bien des courages et des dévouements ignorés. »

C'est pour ainsi dire le dernier épisode de cette lutte héroïque que nous tâchons de retracer, d'après quelques documents conservés par une famille normande-canadienne, qui mêla son sang à celui des Indiens, et qui lutta avec un si petit nombre d'hommes contre les spoliateurs anglais, qu'il faudrait regarder cette résistance comme un acte de démence, si elle n'eût eu sans cesse les yeux tournés vers la France, de laquelle elle attendait des secours.

Les descendants de l'armurier Montaubert, qui s'unirent à la famille d'Arville, dit le Métis, à cause de son mariage avec une Indienne, se retirèrent aux Etats-Unis. Quand ils eurent conquis leur indépendance, ils existaient encore dans le Massachussets, en 1823, et étaient connus sous le nom de Montaubert-d'Arville. Les documents dont nous nous servons nous ont été communiqués par un jeune officier de la marine des Etats-Unis, descendant de ces deux familles. Leur histoire était passée à l'état de légende, dont cet ouvrage peut être regardé comme la première partie.

Avant de terminer, nous voulons ajouter quelques lignes encore empruntées à Malte-Brun :

« Le traité de Paris de 1763 reconnut la spoliation du Canada contre le droit des nations; celui de 1783 aurait pu rendre à la France le Canada, s'il eût été fait avec moins de précipitation. Napoléon eut le bonheur de reprendre la Louisiane et le tort de la revendre. Aujourd'hui même, espérons que tous les moyens de rétablir la domination française dans le nord de l'Amérique ne sont pas enlevés à une politique nationale, éclairée et persévérante. »

Le jour n'est peut-être pas bien éloigné où les spoliateurs contre les droits des nations verront le Canada leur échapper comme les Etats-Unis leur ont échappé; mais le Canada ne reviendra jamais à la France, il suivra l'exemple des Etats-Unis et y sera annexé, quand la guerre fratricide qui ensanglante depuis si longtemps ces belles et riches contrées sera enfin finie. Les esprits, surtout dans le bas Canada, y sont disposés depuis longtemps : c'est après les guerres civiles que les peuples deviennent conquérants; l'habitude de la guerre ne se perd pas dans un jour.

L'ARMURIER DE QUÉBEC.

CHAPITRE PREMIER.

Détails préliminaires. — Le général Montcalm. — Prise de Québec. — Tentatives des partisans français. — L'armurier Montaubert renfermé à l'arsenal. — Titi l'idiot. — Evasion de l'armurier.

Depuis la mort de Louis XIV, la marine française avait été toujours en déclinant, et nos colonies s'en ressentirent; quand les Anglais faisaient les plus grands efforts pour nous les enlever, le gouvernement indolent du successeur du grand roi n'envoyait que des secours insuffisants ou tardifs pour soutenir nos riches colonies, dont Colbert avait si bien senti le prix. Le gouverneur de la Nouvelle-France, le marquis de Vaudreuil-Cabanial, se vit attaqué par des forces supérieures, que les Anglais augmentaient chaque jour; cependant le marquis de Montcalm soutint l'effort de la guerre avec avantage, à son début. Grand homme de guerre, habile politique, aimé du soldat à qui il inspirait toute confiance, il avait su, par ses manières douces et prévenantes, et par la générosité de son caractère, gagner le respect et l'affection de ses sauvages alliés, les terribles guerriers des forêts.

Quoique de Montcalm n'eût à opposer aux Anglais qu'un nombre de soldats trois ou quatre fois inférieur à celui des ennemis, cependant il osa prendre le rôle d'agresseur et enleva, de vive force, deux des plus fortes positions des Anglais défendues par de nombreuses garnisons et des chefs de réputation ; l'une d'elles fut le fort William-Henri. Le 8 juillet 1758, n'ayant sous ses ordres que quatre mille cinq cents hommes, il fit essuyer une défaite complète à vingt-trois mille Anglais commandés par le général Abercrombie ; plus de deux mille Anglais et lord Howe, un de leurs chefs, restèrent sur le champ de bataille ; le reste de l'armée, quoique encore trois fois supérieur en forces aux troupes de Montcalm, s'enfuit avec épouvante et ne s'arrêta qu'aux bords du lac qu'ils nomment Saint-Georges.

Le jeune Bougainville, né à Paris, après avoir été avocat, diplomate, mathématicien et enfin militaire, servait d'aide-de-camp au général de Montcalm : il se mit à la tête d'un détachement d'élite, franchit une distance de plus de soixante lieues, à travers des forêts profondes et presque impénétrables, sur un terrain couvert de neige, sur des lacs glacés, sur la rivière Richelieu, aussi resserrée par la glace, arrive à l'improviste sur les bords du lac Saint-Georges, y surprend une flottille anglaise et la brûle sous les canons du fort qui la protégeaient. Enfin, malgré un dénuement presque absolu, malgré la faiblesse de ses ressources, malgré les rigueurs du climat, Montcalm lutta avec succès contre les forces supérieures et bien approvisionnées des Anglais. « Si Montcalm, dit l'historien de *la Marine française*, eût été secondé par la métropole, non-seulement il aurait été capable de conserver la Nouvelle-France dans toute son intégrité, mais encore de ruiner la Nouvelle-Angleterre. Malheureusement, des secours insuffisants au début ne tardèrent pas à devenir complètement nuls ; tandis qu'au contraire, il arrivait de la Grande-Bretagne renforts sur renforts aux Anglais de l'Amérique septentrionale.

» Au mois de juin 1758, l'amiral Boscawen, avec une flotte de vingt-trois vaisseaux de ligne et dix-huit frégates portant une armée de débarquement aux ordres des généraux Amherst et Wolfe, était venu attaquer Louisbourg, dont les Français avaient augmenté les fortifications depuis quelque temps. Boscawen disposa si bien ses vaisseaux au moment de l'attaque, qu'ils couvraient toute la côte voisine et en menaçaient à la fois plusieurs points. Les Anglais, ayant tenté d'opérer leur descente à l'anse dite du Cormoran, furent néanmoins repoussés ; et peut-être auraient-ils renoncé à leur entreprise, si Wolfe n'eût imaginé de pénétrer par un endroit qu'on avait cru inaccessible. Un officier anglais ayant gravi, en rampant sur les mains, avec un petit nombre d'hommes, ces hauteurs réputées inaccessibles, fraya le chemin à l'armée ennemie, qui bientôt se trouva maîtresse d'investir la place.

» Trois vaisseaux français furent mis en feu par les bombes, et deux autres enlevés, durant la nuit, à l'aide de bateaux et de chaloupes, dans le port même de

Louisbourg. Le lendemain les assiégés, voyant la rade couverte des débris des vaisseaux incendiés ou coulés à fond, furent si effrayés de ce spectacle qu'ils résolurent aussitôt de capituler. Cela eut lieu le 26 juillet 1758, l'île Royale tout entière passa au pouvoir des Anglais avec Louisbourg.

» Depuis la perte de l'Acadie, l'île Royale était devenue la clef du Canada ; l'arsenal de Louisbourg une fois au pouvoir des Anglais, l'entrée du Saint-Laurent était ouverte à leurs flottes. Cette conquête changea la face des affaires, et Montcalm se vit attaqué de toutes parts, sans recevoir de secours de la métropole et réduit aux faibles forces qu'il avait sous ses ordres. Mais les Anglais changèrent de système : n'ayant jamais réussi, malgré la supériorité du nombre, à vaincre Montcalm, ils le forcèrent à diviser ses forces en portant simultanément les leurs sur plusieurs points, tendant toujours à se rapprocher de Québec, capitale de la colonie. C'est contre cette ville que devaient se réunir toutes les forces des ennemis. Six cents Français, commandés par le brave Pouchat, défendirent le fort de Niagara contre des forces considérables ; Prideaux, général anglais, y perdit la vie ; mais le fort finit par tomber au pouvoir de Johnson, qui le remplaçait. A l'île aux Noix, à l'extrémité du lac Champlain, Bourlamaque tint les Anglais en échec, fermant à Amherst le chemin de Québec et l'empêchant de seconder l'attaque dirigée contre la capitale de la Nouvelle-France. »

Enfin, dans le courant de juillet 1759, une flotte anglaise de vingt-cinq vaisseaux de ligne et de plus de cent bâtiments de transport, partit d'Angleterre, au mois d'avril : le général Wolfe entra dans le Saint-Laurent, malgré les glaces qui l'obstruaient encore, et opéra, avec dix mille hommes d'élite, un débarquement dans l'île d'Orléans, qui ferme le port de Québec.

Peu s'en fallut que la flotte anglaise fût incendiée, mais la fortune les favorisait alors, quoique l'intrépide Montcalm précipita les Anglais du haut du saut de la rivière Montmorency, et les força de se retirer avec une perte de quinze cents hommes. Nous ne relatons point ici les événements qui firent tomber Québec au pouvoir des Anglais, et qui virent périr le héros français sur les sommets d'Abraham ; notre récit commence à cette époque si douloureuse pour la France.

Avant d'expirer, Montcalm avait recommandé à ses officiers de rallier les détachements français répandus dans le Canada, et de faire un retour offensif sur les ennemis. Ces conseils ou ne purent être suivis, ou ne trouvèrent pas un homme de tête pour les mettre à exécution. Les Anglais, après cette victoire chèrement achetée au prix de la vie des deux généraux Wolfe et Moukton, et d'un nombre considérable de morts et de blessés, se crurent à l'abri de toute attaque et maîtres absolus de tout le Canada : mais une poignée de Français, manquant de tout, abandonnés par la métropole, ne désespéra pas de les en chasser. Ces héroïques colons tinrent tête aux Anglais durant un an, firent des tentatives pour reprendre Québec, dont l'une faillit réussir. C'est l'histoire d'un de ces hommes intrépides que nous avons entrepris de raconter. Il se nommait Montaubert, était arquebusier de son métier, et établi richement à Québec lorsque cette ville tomba au pouvoir des Anglais. Père d'une nombreuse famille, déjà avancé en âge, il risqua tout pour rendre à la France, vers laquelle ses regards étaient sans cesse tournés attendant des secours, sa belle colonie, et ne prit le parti de s'enfoncer dans le pays que lorsque ses espérances furent évanouies. Trois de ses fils faisaient partie de la petite troupe qui avait combattu pour la France jusqu'à la dernière extrémité; restés seuls après un dernier engagement, ils se retirèrent vers les lacs intérieurs et purent faire connaître leur sort à Montaubert, que les Anglais avaient fait prisonnier à la suite d'un des premiers combats livrés par les héroïques colons français. La réputation d'habile ouvrier, de mécanicien-ingénieur, dont il jouissait à Québec, devait le rendre très utile aux Anglais : aussi ne lui firent-ils pas partager le sort de ses compagnons pris les armes à la main : il eut la vie sauve et fut renfermé dans l'arsenal et contraint de travailler pour les ennemis de la France.

L'arquebusier Montaubert, descendant des premiers colons normands établis au Canada, était de haute taille, d'une force peu ordinaire, et doué d'un courage inébranlable : dès qu'il connut le sort de ses trois fils, il songea à les aller rejoindre, à faire prendre les armes aux sauvages chez lesquels sa réputation s'était étendue, et à susciter des ennemis aux Anglais; il ne pouvait désespérer du côté de la France.

Les habitants de Québec et du Canada souffraient avec impatience la domination anglaise; de tous les points se formaient de petits complots, car ils n'avaient pas la possibilité de s'entendre, la surveillance des Anglais allant jusqu'à la plus cruelle tyrannie. Montaubert connaissait ces dispositions des esprits, il espérait, de toutes ces résistances latentes, former un faisceau, et se mettre en état de pouvoir recommencer la guerre de la délivrance.

Sa femme et son jeune fils, qui restaient encore à Québec, et à qui on laissait de temps en temps la liberté de visiter l'ouvrier prisonnier, trouvèrent le moyen de sortir de la ville, de se rendre secrètement à la mission de Sainte-Marie, où le père, s'il parvenait à tromper la surveillance des Anglais, devait aller les prendre pour les conduire dans l'intérieur du pays, chez un colon, Normand comme lui, qui avait accueilli ses fils. Le calme laborieux de Montaubert avait porté ses surveillants à croire qu'il s'était résigné à son sort : ils se relâchèrent peu à peu de la rigueur de la surveillance, encouragèrent cet habile ouvrier, qu'ils appréciaient de plus en plus, et tentèrent de l'attacher à leur cause par les promesses et les plus belles espérances. Le caractère du colon canadien est ferme, ouvert, mais l'armurier était pur sang normand, et avait une idée fixe : la liberté et la délivrance du Canada.

Il avait fabriqué une admirable paire de pistolets : elle fut offerte au gouverneur de la ville, attira son attention sur un aussi habile armurier, et valut à Montaubert une situation plus large et en apparence plus heureuse. C'est pendant ce temps qu'il préparait en silence son évasion. Il n'avait d'autre confident qu'un pauvre idiot, qui venait chaque jour mendier dans la cour de l'arsenal et qu'on laissait circuler par pitié et comme un être non dangereux.

Montaubert obtint la permission de l'employer en

qualité de souffleur, et sut assez ouvrir l'intelligence de ce pauvre être pour le rendre utile à son projet d'évasion.

Titi était le nom sous lequel était désigné ce pauvre idiot; il avait été recueilli, par un détachement français, sur les débris d'une ferme incendiée par les Peaux-Rouges, auprès des cadavres de son père et de sa mère que les sauvages avaient scalpés; il pouvait avoir alors cinq ou six ans, et c'est à l'impression que cette scène affreuse avait faite sur son débile cerveau que l'on attribuait son idiotisme. Jusqu'à la prise de Québec, Titi avait végété dans les casernes, où il trouvait une ample nourriture; sous la domination anglaise, sa position était devenue plus pénible, il recevait plus de coups que de pain; aussi ne revenait-il à la caserne, changée en arsenal, que par habitude et comme la brute revient toujours à son terrier.

Quand Montaubert se trouvait seul avec Titi, il tâchait d'éveiller ses idées; et il était souvent émerveillé de la lucidité de l'idiot quand il lui parlait des Anglais.

— Titi, lui dit-il un matin qu'ils étaient seuls, te souviens-tu du général Montcalm?

L'idiot lui jeta un regard intelligent, mais timide : il parcourut des yeux la forge, mais il ne répondit pas.

— Tu l'as oublié, Titi; cependant il avait ordonné de te bien traiter!

L'idiot s'approcha de l'armurier, et lui dit à voix basse :

— Le grand général Montcalm a été tué par les Anglais.

— Oui, dit avec animation Montaubert, ils l'ont

tué; ils étaient dix contre un. Il y eut un assez long silence.

— Maître, vous êtes grand et fort, pourquoi ne tuez-vous pas les Anglais?

— Compte combien ils sont, mon enfant.

— Titi ne sait pas compter, mais il tuerait bien un habit rouge, s'il avait un fusil.

— Nous en avons tué plus d'un, Titi, et cependant ils sont encore nos maîtres.

Titi en tuerait un le matin, un le soir; il en tuerait un tous les jours.

— Ils t'auraient bientôt tué, mon pauvre Titi!

— Oh! non, non, les sauvages ne me tuèrent pas.

A ce souvenir un tremblement le saisit; il éprouva une crise terrible.

Le chef armurier survint, et, voyant Montaubert qui secourait l'idiot, il le réprimanda, et lui dit :

— Jetez-moi à la porte cet être inutile, je vous donnerai un enfant pour souffleur. Ces crises dégoûtantes lui arrivent-elles fréquemment?

— C'est la première qu'il ait éprouvée depuis qu'il me sert, répondit Montaubert; il s'est rappelé la scène où il perdit la raison; c'est à ce souvenir que j'attribue cette crise.

— Quelle scène, demanda le chef armurier?

Montaubert lui raconta brièvement le massacre de la famille du malheureux idiot.

— Ah! fit le chef armurier. Puis il ajouta : Une pareille scène vient de se passer du côté du lac Winnipeg. Son Excellence le gouverneur avait envoyé un détachement pour occuper un petit fort, les sauvages en ont massacré tous les hommes et incendié le fort. On va envoyer de la troupe, il faut mettre un terme à ces actes de férocité. Un seul soldat a pu échapper au massacre; il raconte que les hommes étaient conduits par des hommes blancs (c'étaient les Mohawks); Montaubert eut peine à comprimer son émotion; c'était vers ce même lac que ses fils s'étaient réfugiés.

L'idiot, dont la crise venait de cesser, se dressa sur ses jambes grêles, et regardant l'Anglais, il lui dit très distinctement :

— J'ai vu là-bas, là-bas, par-delà les forêts, un grand feu, du sang et les Peaux-Rouges qui s'en allaient avec des chevelures à la ceinture.

Le maître armurier était Ecossais; il croyait à la seconde vue; aussi se recula-t-il d'un pas, en tenant les yeux fixés sur l'idiot.

— Qu'a-t-il dit? demanda-t-il à Montaubert, aussi étonné que lui.

— Vous l'avez entendu comme moi, répondit Montaubert.

L'Anglais s'approcha de l'idiot, et, lui posant la main sur l'épaule, il lui dit :

— Raconte-nous ce que tu as vu?

Titi jeta un regard rapide sur Montaubert, fit un pas vers la forge, saisit la chaîne qui faisait jouer le soufflet et le mit en mouvement. Il s'obstina à garder le silence.

— Nous n'en tirerions rien en le questionnant, dit l'Anglais, il est fé.

Il sortit de la forge tout pensif. Titi le suivit d'un regard oblique, puis s'adressant à voix basse à l'armurier, il lui dit :

— J'ai vu trois hommes de la colonie, et ces hommes sont vos fils, maître.

L'armurier le regarda avec stupéfaction : l'idiot soufflait toujours quoiqu'il n'y eût rien dans le fourneau.

— Tu as vu mes fils? demanda l'armurier; dépeins-les moi.

— Qu'est-ce que dépeindre? demanda l'idiot en ouvrant de grands yeux; je ne sais pas ce que c'est.

— Dis-moi, Titi, ce que tu as vu.

— Ah! je comprends. Il y avait votre fils Robert, celui qui a de longs cheveux blonds, qui est aussi grand que vous, maître; il se tenait derrière un érable, la carabine à l'épaule; il a ajusté, et le chef anglais aux cheveux rouges est tombé. Les deux autres ont aussi fait feu et deux Anglais sont tombés. Alors les Peaux-Rouges ont poussé un cri horrible et se sont jetés sur le détachement, ils l'ont anéanti, enlevé les chevelures et incendié les troncs d'arbres. Celui qui est revenu s'était sauvé au premier bruit.

— Titi, si tu avais dit cela au chef, il m'eût fait fusiller.

— L'ai-je dit, maître?

— Non, mon ami, mais tais-toi.

— Je hais les Anglais, dit l'idiot. Je veux en tuer un le matin et un le soir, tous les jours, ajouta-t-il avec animation.

— Titi, dit l'armurier, il faut que je sorte d'ici et que j'aille rejoindre mes fils!

— Je mettrai le feu à la caserne, dit Titi, et vous sortirez quand ils l'éteindront.

— Non, Titi, je ne veux pas m'évader ainsi; je suis homme.

L'idiot le regarda d'un air stupéfait, et se tut.

— Tu peux sortir, Titi. Il faut que tu portes un billet au maître cordonnier de la rue du Port. Te fouille-t-on quand tu sors?

— Non, maître, le soldat de faction me frappe souvent.

— Montrerais-tu mon billet pour éviter les coups?

— Non, maître, ma peau est dure.

— Où le cacherais-tu, Titi?

— Là, maître; il montrait le dessous de son aisselle.

— Et tu le remettrais au cordonnier?

— Oui, maître, pas à d'autre.

Le soir même, après la journée de travail, Titi sortit de l'arsenal et s'en alla, avec un billet, chez le maître cordonnier.

Durant la nuit, Montaubert avait préparé tout pour son évasion. Alors l'arsenal longeait la rive du fleuve, et les murs s'élevaient à plus de cinquante pieds au-dessus du niveau de l'eau. Un long câble qui servait dans l'intérieur de l'arsenal fut garni de barreaux de distance en distance, et une autre corde, supportant une charge de fusils, fut fortement attachée au sommet du rempart. Le câble et la corde descendaient au niveau de l'eau.

La nuit était profonde; les casernes, plus au nord, se trouvaient encore éclairées, quand Montaubert, suivi de l'idiot, atteignit le sommet du rempart. Ils déroulèrent les cordes dont ils étaient chargés. On les fixa au bas, sur le fleuve. Cette opération terminée, l'armurier et l'idiot retournèrent à l'arsenal, d'où ils revinrent chargés de fusils; ils les descendirent, une barque les reçut. Ils firent un second voyage à l'arsenal, d'où ils revinrent chargé comme la première fois; pas un obstacle ne s'était présenté. La sentinelle parcourait le rempart et n'avait rien vu, rien entendu; ils firent encore plusieurs transports; à l'instant de descendre le long du câble, l'armurier dit à Titi :

— Suis-moi.

— Non, dit l'idiot, là-bas sont les Peaux-Rouges, ils ont tué ma famille, je n'irai pas au milieu d'eux.

— Mais, malheureux, dit l'armurier désappointé, les Anglais te feront raconter ma fuite.

— Non, maître, ils me battront, mais Titi ne parlera point. Titi ira dire au cordonnier ce qu'il aura vu et entendu.

Montaubert n'avait pas de temps à perdre, il descendit le long du câble et s'installa dans la barque qu'avait amenée le maître cordonnier, et gagna la rive opposée avec la charge de fusils enlevés à l'arsenal anglais. Au point du jour hommes et charges étaient à l'abri dans les forêts voisines, et s'avançaient dans l'intérieur des terres sous l'escorte de cinquante sauvages et des fils de l'armurier.

CHAPITRE II.

Position de Québec. — Situation des Anglais dans cette ville. — Ils découvrent les traces de l'armurier. — Poursuite. — Rencontre au plateau du Combat. — Embarras. — Mécontentement de Chinkow. — La rivière. — Industrie de l'armurier. — Retour au plateau. — Ambroise Geslin. — Fin de l'histoire de Titi l'idiot. — Les sauvages s'éloignent.

QUÉBEC est divisé en deux parties, la ville haute, bâtie sur la pointe dite du Diamant, et la ville basse, qui s'étend sur la rive du fleuve. La garnison anglaise et tous les bâtiments militaires se trouvaient dans la ville haute, dont les fortifications étaient fort étendues; d'autres postes gardaient la ville basse, bien moins fortifiée, mais sous le feu des batteries supérieures qui couronnaient la pointe du Diamant. La position de la ville haute, ses puissantes fortifications inspiraient toute sécurité aux Anglais; ils n'avaient à craindre que des attaques peu redoutables de la part des quelques colons qui s'étaient réfugiés dans le pays; l'insuccès de celles qu'ils avaient tentées contre la ville devait les avoir découragés et beaucoup diminué leur nombre.

Les Anglais savaient que la France, qui avait abandonné sa colonie lorsqu'elle pouvait lutter si elle eût été secourue, ne songeaient point à en entreprendre la difficile conquête; aussi n'avaient-ils l'œil ouvert que sur les forêts, dont les farouches habitants tombaient de temps à autre à l'improviste sur les petits établissements avancés dans le pays. Cette sécurité contribua à l'évasion de Montaubert, et ce ne fut que fort avant dans la matinée qu'elle fut connue. Quoique la cheminée de la forge vomît ses nuages ordinaires de fumée, on n'entendait point le retentissement du marteau sur l'enclume. Le chef armurier se rendit à la forge et n'y trouva que l'idiot, pendu à la chaîne du soufflet et le manœuvrant avec activité.

— Où est l'armurier? demanda l'Anglais.

Titi redoubla ses efforts pour manœuvrer le soufflet.

— Où est l'armurier? répéta d'une voix menaçante l'Anglais.

Titi poussa les charbons dans le fourneau et reprit son travail de souffleur avec plus d'énergie; un coup violent l'abattit à terre.

— Maudite chenille, tu ne veux donc pas répondre? dit le maître armurier. Où est le Français? demanda-t-il pour la troisième fois, en levant le bâton qu'il avait à la main.

Titi le regarda d'un air hébêté, et répondit :

— Il n'y a plus de Français dans le fort, les Anglais les en ont chassés.

— C'est l'armurier, l'armurier, que je te demande, misérable avorton. Et il le secouait en même temps avec violence.

La douleur arracha un cri à l'idiot, il se débarrassa de l'étreinte et courut à toutes jambes vers la porte d'entrée; l'Anglais se mit à sa poursuite en proférant d'horribles jurons. Mais Titi courait plus vite que lui, il traverse la cour, se lance vers la porte qui ouvrait vers la ville basse, ne tient pas compte de la menace du factionnaire, et disparaît derrière un angle du chemin, avant que celui-ci pût faire usage de son arme.

Plusieurs soldats s'étaient attroupés autour du maître armurier, dont la colère excitait leur étonnement. S'ils avaient pu découvrir l'idiot, ils l'auraient vu blotti dans un coin et montrant le poing aux fortifications, tout en essuyant avec la manche de son pauvre habit les larmes de douleur et de vengeance qui coulaient de ses yeux.

On fit dans la petite habitation de Montaubert une perquisition, on l'étendit à tous les coins de l'arsenal où pouvait se réfugier un homme; pas un des Anglais n'eut l'idée de penser à tourner les recherches vers le rempart; la hauteur des murailles, la profondeur de l'eau, qui en baignait le pied, écartaient tout soupçon de ce côté.

Enfin un factionnaire découvrit le câble qui, du sommet du mur, s'allongeait jusqu'au fleuve. Les traverses placées de distance en distance expliquèrent tout : l'armurier s'était évadé.

Un roulement de tambours mit la garnison en émoi, chacun court à son poste, et un peloton se mit à la poursuite de l'idiot, qui pouvait seul donner quelques renseignements. Titi, tout borné qu'il était, avait le sentiment du danger qui le menaçait; aussi, comme la fauve traquée, se tenait-il dans une anfractuosité des rochers, couché sur le ventre et ne montrant sa tête qu'avec précaution. Il entendit le pas cadencé des soldats qui descendaient à la ville basse, les regarda passer, en se dissimulant si bien qu'ils ne le découvrirent point, et quand il n'en vit plus que le dos, il fit avec son poing un geste de menace.

Dans la ville basse, les recherches furent sans résultat, personne n'y avait vu l'idiot; pendant ce temps-là, le commandant du fort se livrait à une impuissante colère : il avait reconnu qu'une vingtaine de fusils avaient été enlevés, et que quatre magnifiques canardières, chefs-d'œuvre de l'armurier, ne se trouvaient plus dans l'arsenal. Il en conclut que les colons français préparaient encore une levée de boucliers, et en prévint le gouverneur.

Des barques armées sillonnèrent le fleuve en aval et en amont, on ne découvrit aucun indice. Les inquiétudes augmentèrent encore quand on s'aperçut que les outils les plus nécessaires à la fabrication des armes avaient été enlevés de l'atelier de l'armurier. Des estafettes bien escortées furent envoyées à tous les postes voisins, et l'alarme répandue partout.

Tandis qu'on courait à la recherche de l'armurier en remontant le fleuve vers Montréal et en le descendant vers l'île d'Orléans, celui-ci s'enfonçait dans les forêts, accompagné d'une bande de sauvages, auxquels il venait de distribuer des fusils, et de ses trois fils escortant le chariot chargé du matériel de la forge.

Si les Anglais avaient pu deviner la route qu'il avait prise, il est bien certain qu'ils l'auraient atteint, car le chariot n'avançait qu'avec la plus lente difficulté dans une contrée entrecoupée de profonds ravins et hérissée de forêts vierges.

A la première halte, ils se trouvaient à peine à douze milles de Québec. Les sauvages, qui s'étaient répandus en flanqueurs le long de la route, et ceux qui éclairaient l'arrière-garde, se réunirent vers le milieu du jour, dans une clairière, indiquée par leur chef comme premier point de ralliement. Leur rapport fut rassurant; on avait évité les points habités et personne ne pouvait donner de renseignements sur leur marche.

La troupe paraissait contente et confiante; malgré leur indifférence ordinaire, les Peaux-Rouges admiraient les bons et beaux fusils qu'ils avaient reçus; les trois fils de l'armurier ne se lassaient point d'inspecter leurs longues et brillantes canardières, armées d'une baïonnette qui se repliait le long du canon. C'était une des inventions de leur père.

La marche recommença lorsque le soleil était encore haut sur l'horizon; elle allait en ligne droite, puis faisait un détour pour éviter les postes anglais.

Sans la lenteur du chariot ils auraient pu, avant la nuit, se trouver à plus de trente milles de distance de Québec, et entrer dans la zône où les établissements anglais n'avaient encore que des forts assez distants les uns des autres. Mais la charge du chariot était trop précieuse pour l'abandonner; c'est sur les outils qui la composaient que l'armurier fondait toutes ses espérances. En effet, hors des établissements anglais, dans une forte position, en rapport avec toutes les peuplades sauvages, il savait bien qu'en leur fournissant des armes, raccommodant celles que l'usage avait détériorées, il acquerrait l'amitié des Peaux-Rouges, qui ne pouvaient se procurer d'armes que difficilement des Anglais, et en les payant très cher. C'était une considération qui devait donner une grande influence à l'armurier dans les forêts.

L'itinéraire avait été tracé par Chinkow, chef des guerriers hurons et mohaws, et chaque lieu de halte choisi dans une position aussi avantageuse que sûre, mais il n'avait pas fait entrer en ligne de compte la lenteur du chariot; aussi, lorsque la nuit s'abattit sur les forêts, se trouvèrent-ils encore fort éloignés du lieu où devait se passer la halte de nuit.

Il fallut s'arrêter sur le bord d'une rivière profonde; deux canots d'écorce se trouvaient cachés sous les rameaux et dans les joncs; les hommes pouvaient gagner l'autre bord, mais ni les deux chevaux ni le chariot, lourdement chargé, ne pouvaient traverser cette rivière durant les ténèbres. Les Peaux-Rouges parurent très contrariés de cette circonstance, se retirèrent à l'écart pour tenir conseil, et à une grande distance des blancs.

Montaubert, voyant l'obstacle, résolut de le surmonter : à l'aide de ses trois fils, il abattit des arbres, les ébrancha, consolida les troncs ensemble, couvrit le plancher de joncs et de rameaux, et quand il le crut assez fort pour soutenir le poids de la charge du chariot, il la distribua également sur le radeau, mit le chariot vide à la remorque, et, monté sur un des chevaux, qui suivait l'autre que ses fils guidaient en nageant, il atteignit l'autre bord à l'instant où les premières lueurs du jour éclairaient les dômes des forêts. Il eût pu se servir des canots pour remorquer les radeaux, mais il avait remarqué le mécontentement des guerriers sauvages, et, connaissant leur caractère, il avait voulu leur prouver ce qu'il pouvait faire à l'aide de ses seuls enfants, et leur imprimer ce respect que la puissance de l'action intelligente impose toujours.

Les résultats dépassèrent son attente; il put distinguer Chinkow, entouré de ses guerriers, sur l'autre bord, contemplant les restes du brasier éteint, l'amas de rameaux qui couvrait la rive, enfin les mouvements qui prouvaient autant de surprise que d'admiration. Ils sautèrent dans leurs canots et le rejoignirent bientôt; l'armurier n'eut pas l'air de se souvenir qu'il avait été presque abandonné la veille, et demanda froidement à Chinkow de prendre la direction de la marche.

La route devenait de plus en plus âpre, le sol se creusait en profondes vallées, et à l'autre côté se dressaient des monts ou rocailleux ou embarrassés de broussailles et d'arbrisseaux. Pour la première fois les Indiens se prêtèrent à pousser le chariot, à ouvrir un passage à coups de haches. Ces bonnes dispositions, chez des gens qui se refusent à porter le plus léger fardeau, comme acte dégradant, et laissé aux femmes seules, prouvèrent à l'armurier que son calcul avait été juste; cependant il faillit devenir la cause de leur perte.

Les grands feux allumés la veille pour éclairer leur travail de nuit avaient lancé en l'air des torrents de fumée, qui furent découverts par quelques chasseurs de fourrures anglais; ceux-ci se rendaient à un comptoir établi sur la rivière et distant d'environ dix milles. Dès qu'ils eurent atteint ce comptoir, qui avait une petite garnison, ils prévinrent les employés de ce qu'ils avaient découvert, et affirmèrent qu'une si grande quantité de fumée ne pouvait provenir que d'un embrasement dans les forêts, ou d'une nombreuse troupe de guerriers rouges.

Ce rapport jeta l'inquiétude dans les esprits, et, dès le matin, des éclaireurs remontèrent le cours de la rivière, atteignirent le lieu où le radeau restait amarré.

En poussant leurs recherches dans les terres, les traces des roues, les empreintes des pieds des chevaux et les éclaircies faites avec la hache à travers les fourrés, ne leur laissèrent aucun doute sur le passage d'une bande extraordinaire dans ces contrées. Mais de quelles gens était-elle composée, et où allait-elle? c'est ce qu'ils ne pouvaient s'expliquer.

Comme le pouvoir des Anglais n'était pas encore solidement établi dans le bas Canada, comme ils avaient fréquemment des révoltes à comprimer, tout les jetait dans l'inquiétude, leur mettait les armes à la main, et les faisait concentrer leurs forces vers les points qu'ils croyaient menacés.

Lorsque ces nouvelles arrivèrent à Québec, on dirigea des recherches vers la partie des terres qui se trouvaient de l'autre côté du fleuve, vis-à-vis le fort Diamant. Les empreintes des roues du chariot, celles des pas des chevaux, furent suivies jusqu'à la rivière par une troupe nombreuse, et les recherches continuées au-delà de cette même rivière. Heureusement que l'armurier et son escorte avaient eu plus d'un jour d'avance, et qu'ils étaient déjà arrivés au-delà des lieux où les Anglais avaient des postes, quand les éclaireurs sauvages vinrent annoncer l'approche d'une troupe régulière anglaise assez nombreuse.

Ils sortaient d'une vallée ombreuse et d'un passage difficile, et gravissaient une montagne presque nue quand ils apprirent cette nouvelle. L'armurier et les guerriers sauvages se réunirent pour le conseil.

— Que l'homme blanc dise ce que nous avons à faire, dit Chinkow, et mes guerriers le feront.

— C'est bon, dit Montaubert, vous allez essayer la bonté de vos carabines, et mes frères verront qu'ils n'en ont jamais eu de meilleures. Renouvelez-en les amorces, et attendons les Anglais.

Ils ne se trouvaient pas encore au sommet de la montagne, mais un peu au-dessus d'eux s'apercevait un plateau garni d'un bouquet d'arbres. Le chariot y fut poussé à force de bras et tiré par les deux chevaux; et quand Montaubert eut examiné la position, il la trouva bonne pour la défense. Pour atteindre le plateau, il fallait traverser un espace nu d'environ quinze cents pas, gravir une seconde pente assez roide avant d'arriver au plateau. L'armurier s'y retrancha, car il ne pouvait pas espérer, avec le lourd bagage qu'il ne voulait pas abandonner, marcher plus vite que la troupe à pied qui suivait sa trace. Eût-il pris le parti de marcher en avant, il eût été atteint dans un lieu peu avantageux pour la défense et qu'il n'eût pas eu le temps de fortifier.

En moins de deux heures, aidés par les Hurons, les fils de l'armurier eurent établi un camp retranché qui les couvrait et leur permettait de tirer, à l'abri, sur des assaillants qui seraient à découvert.

Ces précautions prises, les postes furent distribués et l'ordre donné de ne pas tirer ensemble, mais de le faire à volonté, quand un homme serait à portée. Deux Hurons se glissèrent le long de la pente pour observer les Anglais.

Ceux-ci arrivèrent, non en ordre, la marche dans les forêts ne le permet pas, mais assez rapprochés les uns des autres pour se porter secours. Ils ne virent sur le plateau que la masse du chariot, mais pas un défenseur.

Ils allaient entrer dans la partie nue de la montée lorsqu'ils s'arrêtèrent sous le couvert. Postés sous le chariot, Montaubert et ses fils les observaient; les Peaux-Rouges gardaient les autres points attaquables, et quelques-uns de leurs guerriers se tenaient sur les côtés pour observer les mouvements des assaillants.

— Père, dit Robert, le fils aîné de l'armurier, les doigts me démangent sur la gâchette de ma canardière; elle doit porter la balle jusque là où sont les Anglais.

— Patience, dit l'armurier; le moment est proche, il ne faut pas qu'un seul coup de fusil soit perdu.

Les Anglais, après un instant d'hésitation, se formèrent sur trois de profondeur et s'avancèrent en aussi bon ordre que le terrain le permettait. Ils pouvaient être au nombre de cent hommes.

— Enfants, dit l'armurier, vous distinguez les chefs; feu!...

Quatre coups de canardière retentirent, quatre Anglais tombèrent; et les fusils des Peaux-Rouges retentirent le long de toute la crête du plateau. Déjà une dizaine d'Anglais était à terre, quand les quatre canardières abattirent encore quatre ennemis. La décharge des sauvages fut plus lente, mais elle n'en fut pas moins meurtrière. Lorsque l'armurier et ses trois fils firent leur troisième décharge, les Anglais regagnaient en hâte l'abri des forêts sans avoir vu un seul ennemi sur lequel ils pussent décharger leurs armes.

Ils emportaient environ trente morts ou blessés. Les Peaux-Rouges se jetèrent alors à découvert, entraînés par le désir d'enlever des chevelures; une décharge des Anglais en blessa quatre et en tua deux.

Malgré cette perte, Chinkow revint au campement avec une chevelure pendue à sa ceinture.

Les Anglais ne sachant pas le nombre des ennemis postés sur le plateau, s'étaient retirés et fortifiés dans la forêt ; un sauvage revint et annonça qu'un renfort considérable leur arrivait.

Montaubert comprit qu'il lui serait impossible de tenir devant des forces tellement supérieures qui pouvaient s'augmenter de jour en jour. Il voulait conserver le matériel de sa forge et tout ce qui chargeait le chariot ; il tint conseil avec les Peaux-Rouges. Après ce conseil, une fosse profonde fut creusée, toute la charge du chariot y fut déposée et couverte de terre, ensuite le chariot fut amené sur cette fosse, entouré de troncs d'arbres et de rameaux, et le tout fut livré aux flammes. Pendant qu'elles le dévoraient, deux des fils de l'armurier, avec chacun un Huron pour guide, partaient, l'un à droite, l'autre à gauche, avec chacun un cheval chargé. Le reste de la troupe suivait une ligne droite, marchant l'un après l'autre et tâchant d'effacer leurs traces. D'après Chinkow, une rivière peu profonde devait se trouver à environ huit milles de distance. La troupe arrivée sur le bord de cette rivière attendrait les deux fils de l'armurier, qui, après l'avoir atteinte, la descendraient l'un en aval, l'autre en amont, en faisant marcher les chevaux dans les cours d'eaux. Ainsi toute trace disparaîtrait et quelques forces que possédassent les Anglais, l'incertitude de la route qu'ils suivaient les mettrait ou dans une fausse direction ou dans la nécessité de se diviser, si elles voulaient prendre pour indices les deux traces laissées par les chevaux.

Ce plan eut un plein succès; les Anglais, malgré les renforts qui leur étaient arrivés, ne poussèrent pas leurs poursuites plus loin que le plateau où ils n'avaient trouvé que des cendres et les débris encore fumants du chariot. Ils ne songèrent point à fouiller le sol.

La marche continua toujours péniblement, mais avec plus de sécurité. Chinkow en changea la direction en tirant vers le sud; il voulait atteindre le lac Supérieur, ensuite le lac des Bois, d'où ils pourraient remonter en canot jusqu'au lac Winnipeg, sur le bord duquel était située l'habitation du Français d'Arville. Ce plan était bien conçu, mais l'armurier ne voulait pas laisser derrière lui le matériel de forge qu'il avait enfoui sur le plateau du Combat (dans les forêts, un événement suffit pour donner un nom à un lieu inconnu); il y eut grand conseil, et les raisons de l'armurier finirent par prévaloir. Parcourir de grandes distances n'effraye point les sauvages, mais ici il s'agissait de transporter un lourd fardeau, et les Peaux-Rouges ne s'y prêtent jamais.

On s'arrêta au plan proposé par l'armurier. Quelques sauvages précéderaient l'armurier et ses fils pour s'assurer que les Anglais avaient évacué la contrée; une fois certains de l'évacuation ils enverraient prévenir l'armurier, qui alors continuerait sa marche vers le plateau avec les deux chevaux, et enlèverait les outils les plus essentiels, s'ils ne trouvaient pas le moyen de les transporter tous.

Dresser un plan et le mettre aussitôt à exécution, est l'habitude des habitants des forêts. Le jour suivant ils revenaient sur leurs pas et déjà allaient atteindre le plateau lorsque leurs éclaireurs revinrent. Ils n'avaient rien découvert, mais avaient acquis deux bons fusils anglais que les ennemis avaient abandonnés en se retirant. Ceci fit soupçonner à l'armurier qu'il s'était passé quelque chose d'extraordinaire, ou que les Anglais avaient essuyé une perte plus grande que celle qu'il avait supposée.

En battant le pays, les éclaireurs s'étaient approchés du comptoir anglais situé sur un coude de la rivière qu'ils avaient précédemment traversée en radeau. Le comptoir se trouva abandonné, une panique seule avait pu en chasser les employés et la petite garnison. Ces nouvelles firent faire bien des réflexions à l'armurier.

Il eut le soir même l'explication de cette retraite précipitée. Ils se trouvaient autour du brasier allumé pour cuire leurs aliments lorsque des aboiements lointains éveillent leur attention; ils prennent leurs armes et deux guerriers rouges se glissent dans la forêt, du côté où l'on entendait les aboiements des chiens.

Plus d'une heure s'écoula dans l'attente : les quatre blancs s'étaient retirés avec les chevaux dans le petit massif d'arbres, laissant briller leur brasier. Ils distinguèrent bientôt le bruit de gens qui gravissaient la montée, en parlant sans prendre beaucoup de précautions pour dissimuler leur arrivée. Un chien s'élança vers le feu, flaira le sol et poussa un long hurlement; plusieurs autres y répondirent.

— Ce sont des blancs, dit l'armurier à ses fils, et probablement des chasseurs.

A peine avait-il prononcé ces mots à voix basse qu'il se sentit toucher au bras; il se retourne prestement et se trouve face à face avec un de ses compagnons sauvages.

— Heugh ! dit celui-ci ; et, élevant la main entre le brasier et les yeux de Montaubert, il leva lentement quatre de ses doigts.

— Je te comprends, Peau-Rouge, dit l'armurier ; ils sont quatre, mais leurs chiens peuvent bien compter pour deux, cela fait six. Mais voyez donc, ces maudites bêtes, elles dévorent notre souper : effectivement, quatre chiens déchiraient le chevreuil qu'ils avaient caché sous des rameaux. Il releva la canardière d'un de ses fils, en disant : Pas encore, attendons ; ce sont peut-être des amis.

Presqu'au même instant les quatre hommes signalés par l'Indien parurent sur le plateau. L'armurier reconnut aussitôt des chasseurs de fourrures, et s'avança vers eux, l'arme sur l'épaule :

— Soyez les bienvenus, leur dit-il, je vous prenais de loin pour des ennemis; mais empêchez donc vos chiens de dévorer notre souper.

A la vue de l'armurier et de ses fils, les chasseurs s'étaient mis sur la défensive; mais ils posèrent la crosse de leurs carabines à terre en voyant qu'ils avaient affaire à des hommes de leur couleur.

Dès qu'ils se furent approchés de manière à se reconnaître, un des nouveaux venus s'écria :

— Non, non, je ne me trompe point. Vous êtes Montaubert, l'habile armurier de Québec. Ah ! je vous assure que vous faites joliment parler de vous dans la ville. Ah ! ah ! la bonne rencontre ; approchez, camarades, c'est un ami, nous sommes tous amis ici, car je vois vos trois fils ; vous ne me reconnaissez pas, camarades? Quoi! vous ne reconnaissez pas Ambroise Geslin? je fus presque votre voisin dans la ville basse...

Ambroise Geslin était un tanneur, bien connu dans la basse ville par la gaieté de son caractère et son intarissable bavardage. Depuis l'occupation de Québec par les Anglais, il avait quitté son métier et la ville, pris un fusil, un vêtement de peau de daim, un havresac, en un mot l'accoutrement du chasseur de fourrures, en disant qu'il préférait la société des Peaux-Rouges à celle des têtes rouges et des habits rouges. Les trois hommes qui l'accompagnaient étaient ses anciens ouvriers, qu'il avait entraînés avec lui dans les forêts.

La reconnaissance fut pleine d'effusion de part et d'autre. Geslin et ses camarades étalèrent leurs provisions, s'assirent sur un tronc d'arbre devant le brasier, et tandis que les chairs pétillaient sur les charbons, Geslin raconta à ses amis tout ce qu'il savait des bruits de la ville.

— La tête rouge (il désignait le gouverneur anglais, dont la chevelure était d'un rouge ardent), la tête rouge, dit-il, paraît en proie à la rage et à la fureur. Le bruit court que le corsaire français Thurot est entré dans le Saint-Laurent avec une escadrille, que les populations se préparent à la révolte, et que déjà des partisans se sont montrés aux environs de Montréal. Votre évasion de l'arsenal, coïncidant avec tous ces bruits, fait soupçonner aux Anglais qu'une vaste conspiration est ourdie. Lorsque j'arrivai à Québec, je répandis le bruit que des nuées de sauvages incendiaient les forêts et s'approchaient de Québec. Je n'ai vu à plus de cent milles de la ville d'autres Peaux-Rouges que les six que je vois sur ce plateau et qui n'ont pas l'air de faire attention à nous. (Histoire d'augmenter les terreurs de Messieurs de la Grande-Bretagne). Que la peur les y chasse, si nous ne pouvons le faire nous-mêmes ! Savez-vous, Montaubert, que vous leur avez joué un fameux tour ! On dit que plus de mille montures de fusils sont hors d'état de servir ; que vous avez enlevé les meilleures armes, entièrement dégarni la forge, et on s'attend à vous voir paraître avec les anciens partisans quand la flottille française se montrera derrière l'île d'Orléans.

La peur des sauvages a fait déserter tous les comptoirs tenus par les Anglais ; et pour se mettre en état de défendre une ville comme Québec, qui aurait besoin d'une garnison de dix mille hommes, tous les petits détachements disséminés dans l'intérieur du pays sont rappelés à Québec. Quand nous en sortîmes, ce fut la nuit dernière, on entendait les roulements des tambours, les casernes étaient éclairées, et le fleuve couvert de barques. L'épouvante était déjà grande, mais elle fut, avant-hier, portée à son comble par le retour des deux corps détachés, disait-on, à votre poursuite. Ils ramenaient beaucoup de blessés, et des morts, disait-on, en plus grand nombre encore ; selon leur rapport, vous commandez une troupe déjà nombreuse ; sans cela vous seriez déjà fusillé.

L'intarissable Ambroise Geslin ne mit fin à ses discours que lorsque les viandes grillées firent taire la langue et parler l'appétit.

Autour des mets, dont les nouveaux venus fournissaient la plus forte portion, ces hommes, endurcis à la fatigue, se mirent à dépecer les morceaux en gens affamés. Dans un groupe à part, les six Peaux-Rouges mangeaient en silence des tiges grillées de maïs et des pièces de venaison. Chose qui attira l'attention de l'armurier et de ses fils, c'est que, des quatre chiens, deux seulement restaient à ronger les os, tandis que les deux autres faisaient une ronde de surveillance sur le plateau.

— Nous nous reposons sur eux, dit Geslin, et nous n'avons point encore eu à nous plaindre de nos sentinelles. Mais, à propos, voisin Montaubert, où est donc la troupe que vous commandez?

L'armurier lui répondit en souriant : La voici presque tout entière ; le reste nous attend à une journée et demie d'ici.

Et alors il lui raconta les événements que nous avons déjà rapportés.

— Dites donc, camarades, vous avez des nerfs, de la force et du courage; il faut que nous donnions un coup de main à notre ami : pour sûr, entre huit hommes de notre force et deux chevaux en bon état, nous transporterons bien le matériel d'une forge d'arquebusier! Ces six Peaux-Rouges chasseront pour nous, nos chiens feront leur devoir, et nous arriverons sur les bords du lac Supérieur avant la fin de la semaine. Savez-vous, Montaubert, que vous rendrez un fameux service aux gens qui, comme nous, sont exposés à détériorer leurs armes, en vous établissant chez le colon d'Arville ; que je sois pendu haut et court, si vous ne nous fabriquez pas de la poudre avant l'année écoulée. Oh! alors, nous nous moquerons des Anglais et de tous leurs monopoles. Croyez-vous, Montaubert, que leurs prêtres, qu'ils appellent des ministres, au lieu de faire comme nos missionnaires, qui ne répandent que la bonne nouvelle, s'établissent dans les résidences et ouvrent des boutiques où l'on vend de la poudre, du plomb, des bibles, dont les Peaux-Rouges, qui ne savent pas lire, n'ont pas besoin, et de l'eau-de-vie qu'ils trouvent mieux à leur goût. Ces ministres sont des marchands et non des chrétiens.

Alors il cita deux résidences de missionnaires catholiques, déjà florissantes, que la concurrence des ministres anglais avait ruinées. Ils y trouvent deux avantages, ajouta-t-il : le premier est de débiter à un prix exorbitant leurs marchandises avariées, d'attirer à leurs comptoirs tout le commerce des pelleteries, et le second de neutraliser dans l'esprit des sauvages les bonnes dispositions qu'ils ont conservées pour les Français, et que nos missionnaires entretiennent.

La nuit était fort avancée; chacun déroula la couverture qu'il portait sur son havresac, s'en enveloppa et s'endormit les pieds tournés vers les cendres chaudes.

Au point du jour les outils furent retirés de la fosse, chargés sur les chevaux et distribués entre les huit blancs; il ne resta pas un morceau de ferraille.

La route était déjà frayée, ils la suivirent aussi rapidement que peuvent marcher des hommes lourdement chargés, et les Peaux-Rouges se dispersèrent pour chasser.

Ce ne fut que le surlendemain qu'ils rejoignirent Chinkow; ils apprirent de lui qu'il avait dépêché un messager à la résidence d'Arville, pour l'informer de la route qu'ils allaient suivre et pour demander qu'il fît descendre des canots dans les lacs afin de leur épargner les fatigues de la route à travers les forêts.

Chinkow connaissait Ambroise Geslin et ses compagnons; il parut enchanté de les revoir, et le fut encore plus d'une petite fiole d'eau-de-vie que le rusé chasseur lui donna en secret. Il y avait, à peu de distance, un cours d'eau qui sortait du lac Supérieur; quoique ses sinuosités allongeassent beaucoup la route, Chinkow conseilla d'en profiter. Il avait déjà préparé des écorces de bouleau pour construire des canots, l'armurier s'occupa de bâtir un radeau long, avec des bordages pour transporter les chevaux et tout le matériel. Ce travail les retint deux jours sur le bord du cours d'eau, le troisième ils amarrèrent leurs effets, et remontèrent le courant remorqués par les canots.

— Maintenant, voisin Montaubert, nous n'avons plus de broussailles à écarter, plus de vallées souvent marécageuses à traverser pour grimper sur des rochers. Nous voici convenablement établis sur ce radeau; les Peaux-Rouges daignent ramer, et s'en tirent admirablement; racontez-moi, en détail, histoire de passer le temps, comment vous avez pu emporter cette masse de ferraille, ces canons de fusils, ces batteries, quand il est si difficile de se tirer d'affaire à un homme qui sait se remuer et prendre son temps pour saisir l'occasion favorable; dites-moi, si vous n'êtes pas sorcier, comment vous avez pu déloger de l'arsenal anglais, à la barbe de leurs sentinelles, avec un aussi lourd bagage?

— Ambroise Geslin, répondit l'armurier, ce que j'ai fait, vous l'eussiez fait comme moi, avec de la patience, de l'observation et l'intention bien décidée de le faire, vous allez le comprendre : Vous vous rappelez qu'après la prise de Québec, des partisans se réunirent le long du fleuve, adossés aux forêts, où leur petit nombre les forçait souvent de se réfugier ; mes trois garçons allèrent les rejoindre, ils manquaient d'armes, on pensa à l'armurier de la basse ville, et celui-ci ne recula pas devant le danger. Je sentis l'impossibilité de servir mes compatriotes en restant dans mon atelier, et grâce à mes relations fréquentes avec eux, je fis enlever peu à peu tous mes outils ; des barques sans bords, de véritables radeaux creux, arrivaient la nuit près de mon jardin qui, comme vous le savez, touche au fleuve. Je les chargeais bientôt d'une chose, tantôt d'une autre, et tout le matériel de ma forge passa ainsi de l'autre côté du fleuve et fut emporté dans une caverne que l'on pourrait distinguer du haut de la tour de la pointe du Diamant. Les Anglais avaient bien désarmé nos compatriotes, mais il restait encore des fusils et d'autres armes ; on les apportait secrètement la nuit, et je les envoyais de l'autre côté, choisissant les jours où je voyais les Anglais très occupés. Quand je fus averti que la forge était bien établie, et approvisionnée de charbon, je trouvai une occasion d'envoyer ma femme et le petit à la mission de Sainte-Marie, où s'étaient déjà réfugiées bon nombre de dames de Québec, et je me disposai à quitter la ville, ce que j'exécutai heureusement ; nos compatriotes se trouvaient en petit nombre, mais passablement armés et déterminés. Nous attendions des secours de la France, et dans notre impatience, comptant sur nos frères qui étaient restés dans la ville, nous tentâmes plusieurs fois de surprendre les Anglais.

— Je le sais, voisin, je le sais, fit Ambroise Geslin ; n'étais-je pas des vôtres, et n'est-ce pas à cause de cela que je suis devenu chasseur des forêts? Mais cela ne m'explique point comment vous avez dévalisé l'arsenal anglais?

— Quand, à la suite d'une malheureuse rencontre, je fus pris par nos ennemis, vous savez, Ambroise, qu'ils m'employèrent, par nécessité et non par générosité, dans leur arsenal. Je songeai dès-lors à m'évader et à aller rejoindre nos compatriotes; mais, hélas! réduits à leurs propres forces, décimés par les ennemis qui les poursuivaient et n'attendant plus de secours du côté de la France, ils se dispersèrent dans le pays, et mes fils se retirèrent chez un ancien ami qui habite les bords du lac Winnipeg, et vit en bonne intelligence avec les Peaux-Rouges, étant un des leurs du côté de sa mère.

Ma femme était revenue à Québec, et par son moyen j'établis des intelligences avec notre ami Ferrand, maître cordonnier. Quand je crus m'être assuré les moyens dévasion, ne voulant pas laisser ma femme et le petit entre les mains des rouges, je lui conseillai de retourner secrètement à la mission de Sainte-Marie, et pris mon temps pour ne rien donner au hasard. J'employai le pauvre idiot que vous avez connu, et que toute la basse ville connaissait.

— Titi, s'écria Ambroise, ils l'ont tué à coups de fusil, les scélérats d'Anglais; ne pouvant le faire descendre du rocher où il s'était perché, ils l'ont pris pour point de mire. Ce ne fut plus qu'un cadavre qui roula dans les bas-fonds.

— Pauvre enfant! dit l'armurier en portant la main à son front.

— Mais pourquoi le plaindre, Dieu a eu pitié de sa misère et l'a rappelé à lui.

Ils gardèrent un instant le silence, c'était beaucoup pour Ambroise Geslin ; il le rompit le premier :

— Titi n'est plus, il est sans doute dans une meilleure vie d'où il contemple les misères de celle-ci ! Comment avez-vous dévalisé l'arsenal anglais, voisin ?

— Quand on vole, on dévalise; Ambroise ; j'ai emporté vingt bonnes carabines de l'arsenal, c'est moi qui les ai montées, et quatre canardières ; c'est à peu près la moitié du prix du travail que j'ai fait aux Anglais. J'ai descendu le reste dans les eaux d'un fleuve qui appartient à la France ; ces armes, les Anglais les trouvèrent dans un arsenal français.

— Vous les avez jetées dans le fleuve, Montaubert ?

— Je ne les y ai pas jetées, Ambroise, la chute eût attiré l'attention des sentinelles ; mais, durant les trois nuits qui précédèrent mon évasion, j'ai tout descendu, pièce après pièce, à l'aide d'une corde, et j'aurais voulu pouvoir y descendre le fort avec les Anglais. L'eau est profonde à la base du rocher du Diamant.

— C'est autant de perdu, voisin, dit Ambroise.

— Oui, pour nos ennemis, Ambroise Geslin, et je ne déplore pas cette perte !

Pendant cette conversation le radeau remontait lourdement le cours d'eau ; les sauvages paraissaient fatigués.

— Allons ! garçons, cria Montaubert, allez prendre les rames dans le canot de droite, et vous, Ambroise, envoyez vos hommes dans celui de gauche, nous suffirons à nous deux pour diriger le radeau.

Les sauvages comprirent et cessèrent de ramer, mais

aussitôt ils poussèrent les canots vers la rive et allèrent r joindre les autres Peaux-Rouges qui remontaient le long des bords de la rivière en éprouvant la bonté de leurs carabines sur toute espèce de gibier que découvrait leur œil perçant.

CHAPITRE III.

Origine du métis d'Arville. — Aventures de son agent. — Continuation de la marche. — Aventure. — Deux ours. — Passage de la chute. — Halte dans une anse. — L'armurier éveillé par Chinkow.

Laissons nos voyageurs remonter ce cours d'eau sans nom, et cependant large et profond; nous avons le loisir de jeter un coup d'œil sur la famille d'Arville, établie dans la partie la plus éloignée des établissements des blancs, presqu'au centre des territoires qui fournissaient les comptoirs du bas Canada des riches pelleteries qu'ils transportaient en Europe et en Asie. En 1603, un vaisseau partait de Honfleur et emportait l'homme de génie qui devait jeter les fondements d'une colonie qui porta le nom de Nouvelle-France; cet homme se nommait Samuel Champlain. En 1608, après un long séjour dans ces contrées, il se rendit avec Pont-Gravé dans un lieu où le rétrécissement du fleuve avait fait donner aux sauvages le nom de Québec à cette partie du cours du

Saint-Laurent. Il y établit des magasins pour y déposer les marchandises venues d'Europe, les fortifications ne commencèrent qu'en 1624. Déjà Champlain, en 1610, avait pénétré dans la rivière des Iroquois, appelée depuis la rivière de Richelieu, remonté jusqu'au grand lac qui porte encore son nom. Il avait pour compagnon d'exploration un jeune Normand du nom de d'Arville, remarquable par sa haute taille, sa force extraordinaire et surtout par un courage qui ne reculait devant aucun danger.

Ce jeune homme et cinq autres Normands pleins de courage furent chargés d'une exploration dans les contrées habitées, ou mieux, parcourues par les Iroquois et d'autres peuplades moins puissantes. Emporté par son courage et par un sentiment généreux, il se lança dans une lutte que soutenaient les Mohawks, ou Hurons, contre les puissants Iroquois. Il sut attirer les ennemis dans une large clairière et en fit un véritable carnage, quoiqu'il n'eût plus pour arme que le canon de son long fusil.

La taille, la force et le courage sont les avantages que les sauvages et tous les hommes primitifs admirent le plus. Le jeune Normand devint un objet d'adoration, il faut le dire, pour la faible peuplade qu'il venait de rendre victorieuse de ses puissants ennemis. Le sauvage canadien est rusé, il a sa diplomatie; il mit tout en œuvre pour fixer dans son territoire le héros normand. Les pelleteries les plus rares lui furent offertes; tout ce qui avait du prix à leurs yeux fut mis à la disposition de d'Arville et des quatre compagnons qui lui restaient, ce fut en vain. Il se prépara à rejoindre Champlain avec ses camarades, quoique ses hôtes et amis le prévinssent qu'il était dangereux de traverser tant de forêts qui faisaient partie des territoires des Iroquois. Lui parler de dangers, c'était l'engager à les affronter. Armé d'un nouveau fusil, d'une hache et d'un couteau à scalper, il se mit en route au grand regret des Mohawks. Ceux-ci, qui connaissaient les cruels et perfides Iroquois, ne doutant pas qu'ils tendraient une embuscade à leur sauveur, lui proposèrent de l'escorter avec une troupe de guerriers; il refusa. Mais les Mohawks ne le firent pas moins suivre à distance par une vingtaine de guerriers d'élite. Le second jour de marche, il s'arrêta sur une éminence bien garnie d'arbres. Ses compagnons chargés de venaison s'occupaient à recueillir des bois secs pour allumer du feu et faire cuire les produits de leur chasse, lorsqu'ils entendirent dans les bois un sifflement aigu. C'en était assez pour éveiller leur attention, les forêts sont pleines d'embûches.

— Camarades, dit d'Arville à ses compagnons, qui s'étaient réunis autour de lui, ce sifflement n'est pas celui d'un oiseau, je ne connais aucun animal qui puisse le pousser, il y a des Peaux-Rouges dans le voisinage; visitez l'amorce de vos fusils et voyez si vos couteaux ne sont point embarrassés dans leurs gaînes. Prenant ensuite chacun une position qui le mettait à l'abri d'un tronc d'arbre, un seul continua de faire leur cuisine de chasseurs.

Malgré toute l'attention qu'ils mirent à écouter, ils n'entendirent plus que ces murmures, ces bourdonnements, ces frémissements qui s'élèvent des forêts à la chute du jour; ils crurent s'être trompés, et d'ailleurs il y a tant de mystères sous ces sombres abris, qu'un sifflement inconnu ne devait pas les étonner.

Leur repas terminé, ils prirent leurs précautions pour s'abriter contre la froide humidité de la nuit. Leur feu fut alimenté, et sous une cabane de rameaux ils s'étendirent pour prendre du repos ; un seul veillait. Déjà plus de la moitié de la nuit s'était écoulée, lorsque d'Arville, réveillé par son camarade qui faisait la garde, se leva lentement pour le remplacer dans sa faction.

La fraîcheur devient plus intense après le milieu de la nuit, surtout dans ces contrées couvertes de forêts et parsemées de lacs. Le jeune Normand alla raviver le feu, en approcha ses membres engourdis par le froid et leur donna du mouvement pour rétablir la circulation du sang. Son fusil était appuyé contre un tronc d'arbre. Tout-à-coup des hurlements affreux retentissent autour de lui, et une nuée de sauvages bondit sur l'éminence, les uns se lancent sur lui et les autres sur ses compagnons étendus sous l'abri des rameaux. Saisi par les bras, par le corps, par les jambes, le jeune Normand chancelle, mais il avait un sang-froid qu'aucuns dangers ne troublaient. Comme un lion chargé de faibles ennemis, il se secoue, débarrasse la main droite et, saisissant son large couteau, il tranche le bras qui entoure sa gorge, plonge la lame chaude de sang dans un corps qui le presse à gauche, et lance un assaillant au milieu du brasier. Deux sauvages s'étaient cramponnés à ses jambes; son couteau joue rapidement, on entendait le cri singulier de la chair traversée par le fer ; libre, il court à l'aide de ses camarades, qui luttaient aussi de leur côté. Les rameaux de la cabane les avaient protégés contre la première attaque, ils avaient pu se mettre en défense.

Ils allaient succomber sous le nombre, car ils étaient

tous blessés, quand un second hurlement retentit tout près de l'éminence. Aussitôt les assaillants s'évanouirent et une troupe nouvelle de Peaux-Rouges envahit le sommet du monticule. C'étaient les Mohawks qui les avaient suivis à distance. On se reconnaît et on ranime le feu pour connaître la position. Trois cadavres d'Iroquois gisaient autour du brasier, deux autres près de la cabane, mais tous les blancs étaient blessés. Durant l'ardeur du combat, d'Arville ne s'était pas aperçu qu'il avait reçu cinq blessures et que son sang coulait en abondance ; il s'affaissa sur lui-même et tomba entre les bras des Mohawks. Ceux-ci se hâtèrent de bander ses blessures, ce en quoi les Peaux-Rouges sont habiles, et de prodiguer leurs soins aux autres blancs. Trois moururent peu de temps après, et celui qui restait se trouvait en piteuse situation.

Les Mohawks, après avoir enlevé les chevelures des Iroquois, enterrèrent les blancs et mirent sur un brancard composé de branches d'Arville et son compagnon. Ils jetèrent force bois sur le brasier et s'éloignèrent, avec toutes les précautions que prennent les sauvages, de ce funeste champ de bataille.

De retour à leur wigwam, d'Arville fut confié aux vieillards, son compagnon était mort durant le trajet, et ce ne fut que longtemps après qu'il put recouvrer la santé.

A partir de cette époque, il se fixa au milieu de ceux qui lui avaient sauvé la vie, devint le chef de leurs guerriers et rendit la petite peuplade redoutable aux nations voisines.

Ayant renoncé à retourner parmi les blancs et adopté

la vie aventureuse de ceux au milieu desquels il vivait, d'Arville épousa la fille d'un chef renommé et vit son influence s'étendre sur quelques petites populations voisines; mais il y a dans les forêts, comme chez les nations civilisées, des ambitieux qui arrivent à leurs fins par la ruse et les embûches. D'Arville, étranger à tout calcul déloyal, se retira avec sa famille sur le lac Winnipeg, s'y fit une position fortifiée et ne s'occupa plus que du commerce des fourrures. Sa demeure devint un centre de réunion pour les coureurs des bois.

L'homme qui occupait alors cette station était le petit-fils du Normand d'Arville; demi-Européen par son père, et Peau-Rouge par sa mère, il avait les qualités et les défauts des deux races : à l'intrépidité il joignait l'esprit de ruse du sauvage; sans instruction, il se trouvait cependant supérieur aux guerriers des forêts, et, au milieu des guerres continuelles que se faisaient ceux-ci, il avait su garder une neutralité menaçante qui le faisait redouter de toutes les peuplades voisines. Les fugitifs de Québec, après que cette ville était tombée au pouvoir des Anglais, avaient trouvé chez lui un toit hospitalier. Leurs discours, leurs espérances, en réveillant dans le métis d'Arville les souvenirs de son origine paternelle, l'avaient disposé à seconder leurs efforts tendant à l'expulsion des Anglais du Canada. Dans ce but, d'Arville, qui connaissait le pays et l'esprit des sauvages, résolut de se transporter sur les bords du lac Supérieur, plus voisin de Montréal et de Québec, et dans une position où il pourrait réunir un plus grand nombre de proscrits ou d'émigrés. Comme ce lac se trouvait sur le passage des chasseurs canadiens, il espérait en tirer des renseignements sur les stations anglaises et les réunir à son parti. Ce fut sur ce lac qu'il alla attendre l'armurier et ses fils; le d'Arville dont il est ici question n'avait pas la haute taille ni la blonde chevelure de son grand-père, mais il était plus musculeux, plus robuste que les sauvages, et portait plus loin qu'eux son ambition. Familiarisé avec toutes les ruses des Peaux-Rouges, parlant les langues de presque toutes les peuplades errantes entre la baie d'Hudson et les rives du Saint-Laurent, c'était l'homme le plus propre à seconder les vues de l'armurier Montaubert, qui lui était bien inférieur sous le rapport du genre d'intelligence qu'il fallait pour cette entreprise, mais qui lui était supérieur par son habileté d'armurier, habileté appréciable dans une pareille entreprise, qui exige des armes de bonne qualité. Les fusils que les Anglais vendaient aux Peaux-Rouges se trouvaient en peu de temps hors de service.

Revenons à l'armurier et à ses compagnons, que nous avons laissés remontant un des courants sortis du lac Supérieur. Ils ramaient vigoureusement, et venaient d'atteindre un passage étroit et rapide, c'était une petite chute. Des deux côtés les rochers s'élevaient hérissés, et montaient en formes irrégulières jusqu'à des sommets assez élevés et couverts de bois; les sauvages n'étaient point revenus, et dans l'embarras où ils se trouvaient, le secours de leurs bras, leur adresse à franchir les rapides, leur devenaient indispensables. Ils abordèrent sur la rive droite, amarrèrent les canots et le radeau, et pénétrèrent dans les bois qui couvraient cette partie de la montagne. Ambroise Geslin resta avec un de ces hommes à la garde des embarcations et des deux chevaux mis à terre pour paître les hautes herbes de la rive. L'armurier, précédé de deux chiens, commença à s'ouvrir un passage à coups de hachette ; ses compagnons travaillaient de leur côté, mais ils avançaient lentement. Tout-à-coup les chiens sortirent du fourré et vinrent se réfugier entre eux.

— Halte, dit un des chasseurs, il y a dans le voisinage un animal dangereux. Qu'en pensez-vous, Robert?

Celui-ci, qui se trouvait de quelques pas en avant, fit un mouvement du bras en arrière pour imposer silence, et épaula sa canardière. Mais il en baissa aussitôt le canon et rétrogradant, il leur dit :

— Attention à vous ; j'ai vu la tête d'un ours noir, mais lorsque je l'ajustais il s'est plongé dans le fourré. C'est une bête rusée, tenons-nous sur nos gardes.

Tous se rapprochèrent la carabine à la main ; soit que l'animal n'eût pas trouvé la lutte égale et eût battu en retraite, soit qu'il attendît une position favorable pour attaquer les chasseurs, ceux-ci n'entendirent aucun bruit de branches froissées, mais les chiens refusaient de rentrer sous le couvert. Ils recommencèrent à s'ouvrir un passage, mais quatre d'entre eux tenaient leurs armes à la main. Déjà ils venaient de s'élever à une certaine hauteur où le passage devenait plus libre, les arbres plus distancés les uns des autres et les embarras de la végétation presque nuls. Les chiens se lancèrent en avant avec de grands aboiements.

— Il faut qu'il y ait une autre bête que l'ours, dit le chasseur ; les chiens l'ont éventée. Mais garde à nous !

La montée devenait rude, mais libre de tout autre obstacle ; ils atteignirent un rocher absolument nu, et leur vue put s'étendre sur le versant opposé. Une plaine, couverte de quelques bouquets d'arbres, s'étendait au loin, et paraissait cerner la base de la petite montagne en courant vers la rivière. Un daim traversa rapidement une clairière, fut suivi de deux autres ; ils fuirent avec la vitesse de la flèche, dans la partie gauche de la plaine limitée par une ceinture de forêts. C'était ce gibier que les chiens avaient éventé : le chasseur les rappela, la poursuite était inutile. Tandis qu'ils regardaient les daims qui étaient sur le point d'entrer dans la forêt, l'armurier, en jetant les yeux vers les rochers qu'ils avaient encore à gravir pour arriver au sommet, crut distinguer entre deux pointes de rochers une grosse tête. Comme elle était immobile, il pensa qu'il se trompait et que ce qu'il apercevait n'était qu'un arbrisseau ou une roche noire.

— Garçon, dit-il à son fils Robert, est-ce un buisson ou une roche noire que j'aperçois là-haut ?

Robert regarda un instant, et dit en riant :

— C'est l'ours qui m'a déjà montré sa tête ; ne bougez pas ; tournez-vous vers la plaine.

Il se glissa de rocher en rocher, et atteignit un point plus élevé et plus rapproché de l'animal. Il est probable que, malgré toutes ses précautions, l'ours le sentit, car il se dressa tout-à-coup sur ses pattes de derrière, tourna un peu la tête et sembla chercher du regard, et interroger l'air de ses narines. Au même instant deux petits oursons montèrent sur les rochers entre lesquels le grand ours se tenait debout.

— C'est une femelle, s'écria le chasseur ; gare à

Robert, si elle l'a découvert. Avançons. Mais où s'est-il glissé?

Un coup de canardière sembla répondre à cette question : la balle fit voler un éclat de rocher, et, en rebondissant, atteignit un des deux oursons.

Un affreux rugissement traversa les airs et fit frissonner les chasseurs. L'ourse, car c'était une femelle de grande taille, bondit de rochers en rochers vers le côté d'où le coup venait de faire explosion.

— S'il n'a pas eu le temps de recharger son arme, dit le chasseur, votre fils est en grand danger.

Mais déjà ses deux jeunes frères avaient disparu, et reparurent sur une pointe de rocher, près du chemin que l'ourse traversait avec une légèreté qu'on ne supposerait pas à cette bête à l'extérieur si lourd. Robert avait bien choisi sa position : une roche à pic le séparait de la dangereuse bête. Elle s'y dressa, mais ses griffes n'entraient point dans la pierre; la fureur lui arracha un nouveau rugissement. Les deux frères, quoiqu'à portée de la balle, n'étaient pas bien placés pour tirer; ils s'avancèrent hardiment, en tournant l'obstacle. Alors ils apperçurent Robert debout sur la roche; sa canardière s'abaissa, le coup partit, et l'ourse, frappée à la tête, tomba à la renverse et se débattit d'une manière effrayante. Robert rechargeait tranquillement son arme, lorsque ses frères arrivèrent.

— Prenez garde, leur cria-t-il, ces bêtes ont la vie dure. N'allez pas m'endommager une belle peau.

Les oursons, déjà forts, avaient suivi leur mère; celui qui était blessé venait à quelque distance de l'autre. L'ourse les vit, se souleva, fit une espèce de bond vers eux, et retomba sur le côté; ses pattes s'agitaient convulsivement; les trois frères restèrent immobiles. Le premier ourson s'approcha de sa mère, flaira le sang qui commençait à couler; alors un spectacle touchant impressionna les fils de l'armurier : l'ourse le serra entre ses pattes de devant, l'attira à elle, et se mit à le lécher; il semblait qu'elle revenait à la vie, mais aussitôt ses pattes se roidirent, la tête retomba sur le rocher, elle était morte en mère.

L'armurier et ses compagnons venaient d'arriver; le chasseur épaulait déjà sa carabine pour abattre l'ourson.

— Non, dit Montaubert, ce serait mal.

— Tirer cette maudite espèce? allons donc, père Montaubert, ces petites peaux sont très recherchées.

— Ne le faites pas, mon ami, dit l'armurier en abaissant le canon de la carabine du chasseur; ne le faites pas, Robert vous donnera l'autre peau.

Ils approchèrent; l'ourson blessé, qui était le plus fort des deux, se jeta au-devant d'eux d'un air menaçant; l'autre léchait la blessure de sa mère.

— Allons, Friquet, allons, Tapageur, dit le chasseur en lançant ses chiens, aurez vous peur de ceux-là?

Mais Friquet et Tapageur ne s'avancèrent point.

— Voilà pourtant ce que sont les bêtes, dit le chasseur; elles sont hardies quand elles croient la partie égale, et lâches quand elles ne la sentent point!

On écarta l'ourson menaçant avec le canon d'une carabine, et on se mit en devoir de traîner le cadavre de l'ourse dans un endroit plus commode pour la dépouiller de sa peau. Les deux oursons allaient suivre le cadavre quand les chiens se décidèrent à les harceler. Les deux pauvres petites bêtes battirent en retraite; l'instinct de la conservation l'emporta sur l'affection pour leur mère. Comprenaient-elles que leur mère avait cessé de vivre en voyant qu'elle ne se levait pas pour les protéger !

La journée ne devait pas se terminer sans un autre événement. Deux coups de fusil retentirent du côté des embarcations. Ils prêtèrent l'oreille, un autre y répondit, probablement de l'autre rive, car l'explosion était faible. Laissant le cadavre de l'ourse, ils se précipitèrent vers la rive. Rien n'est poignant comme l'annonce d'un danger inconnu.

Les deux canots traversaient la rivière, et sur l'autre rive une troupe de Peaux-Rouges se tenait immobile.

— Ah ! ah ! s'écria l'armurier, voilà Chinkow, je le reconnais à sa plume d'aigle, et nos amis ses guerriers. Allons les recevoir, enfants : ils vont trouver le moyen de nous faire franchir le rapide.

Ce retour se fit sans démonstrations, les sauvages en sont avares; quand l'armurier et Chinkow se trouvèrent réunis sur la rive droite, l'Indien resta silencieux et n'eut pas l'air de faire attention à ses alliés; l'armurier et ses fils gardèrent la même attitude. Mais cela ne convenait guère à Ambroise Geslin.

— Peau-Rouge, dit-il en secouant la main du chef indien, tu nous apportes sans doute des nouvelles; je le vois à ton attitude pleine de dignité.

— Chinkow est un chef, répondit l'Indien; il ne bavarde pas comme une squaw (femme). Il va parler.

On l'entoura : alors avec une véritable dignité, il étendit la main vers le nord-nord-ouest, et dit :

— Le guerrier normand du lac Winnipeg change de wigwam, il descend les courants qui se déchargent dans le grand lac; mes frères le rencontreront sous peu de jours.

— Que dit mon frère? demanda vivement l'armurier; est-ce que d'Arville a abandonné sa position sur le Winnipeg?

— J'ai dit qu'il venait, répondit Chinkow.

— Nous ne pouvons aller plus loin, Chinkow; tu vois la chute. Cependant je ne puis laisser ici ma forge.

— Mon frère ne le doit pas, dit l'Indien; voyons.

Il examina un instant la chute d'eau, puis porta ses regards à droite et à gauche sur les rochers qui la bordaient, et dit :

— Les canots passeront et le radeau après.

Il s'entretint un instant avec ses guerriers, qui rentrèrent dans les forêts, d'où ils revinrent chargés de longues lianes.

— Mon frère est savant, dit Chinkow, qu'il dise à ses guerriers de faire deux câbles.

Ils se mirent sur le champ à ce travail; les longues tiges de lianes tordues ensemble ont une force égale à celle d'un fort câble. Chinkow les mesura de l'œil, puis saisissant un bout, il l'attacha à un des canots, fixa l'autre à la remorque.

— C'est bien, dit l'armurier, je comprends l'intention de mon frère; mais laissera-t-il le radeau?

— Non, répondit laconiquement l'Indien, il viendra après.

Deux guerriers sautèrent dans les deux canots, les autres gravirent le long des rochers, tantôt dans l'eau, tantôt sur la roche, en tirant après eux le câble. Quand ils eurent trouvé un point d'appui, Chinkow, qui dirigeait l'opération, fit entendre un cri guttural. Les canots se trouvèrent poussés de deux coups de rames le long du bord, là où l'eau bouillonnait. Un autre cri se fit entendre ; les deux Indiens, armés de leurs rames, se portèrent à l'arrière. Le premier canot entre, la pointe élevee, dans la chute, chancelle, le second le maintient, quelques minutes suffisent pour les élever tous deux au-delà de la cascade. Ils allèrent à une centaine de mètres au-delà, longeant le bord, et remorqués par le câble.

— C'est fort bien, dit Ambroise Geslin, leurs canots ont franchi la chute, et ces honnêtes Peaux-Rouges, qui ont chargé l'arrière de leurs canots de beaucoup de petites choses vous appartenant, voisin Montaubert, pourraient fort bien nous planter là et s'en aller au diable.

A l'instant, ils virent un des canots passer à la rive droite, et peu après deux morceaux de bois bondissaient sur la chute, traînant après eux, comme deux longs serpents, chacun un des câbles de lianes.

— Si nous étions de l'autre côté, ce serait très bien, mais nous n'avons pas de canot, dit Geslin. La rivière est assez large et je n'aime pas les habits mouillés sur mon dos.

Il achevait à peine ses charitables observations que Chinkow, suivi de trois autres guerriers, apparut sur la rive, là où tombait la cascade; il franchit les rochers et se posant devant l'armurier, il lui dit :

— Les chevaux marchent, et portent des fardeaux, que mon frère les charge de ses outils les plus précieux.

Le Buffle (nom d'un de ses guerriers) va les conduire au-delà de la montagne. Vous irez avec eux, et le radeau montera auprès des canots.

Cette opération fut bientôt terminée, et le Buffle se mit en marche, suivi de deux fils de l'armurier et du chasseur; l'armurier voulut rester pour voir monter le radeau. Son fils aîné Robert et un des compagnons d'Ambroise Geslin se trouvaient avec lui; quant à Ambroise, il avait disparu.

— Attachez fortement vos paquets au corps du radeau, dit l'Indien.

Quand ce fut terminé, il attacha les deux câbles à l'avant du radeau, s'y plaça et les guerriers à l'arrière, chacun armé d'une longue perche; dès que le radeau fut entré dans les premiers bouillonnements, Chinkow fit entendre un cri perçant. Les câbles se tendirent, l'avant du radeau plongea dans la chute et disparut sous l'écume; Chinkow, à moitié dans l'eau, se tenait immobile, appuyé sur sa perche : ses compagnons, courbés sur leurs rames, manœuvraient dans l'eau; l'armurier ne distinguait que leur dos. L'avant du radeau se montra au-dessus du niveau de la chute, c'était le moment critique; un second cri de Chinkow fit de nouveau tirer plus fortement sur les câbles.

— Ils ne franchiront pas la chute, dit l'armurier d'un ton de désespoir. Vois, Robert, comme l'eau bouillonne à l'arrière, la pointe rentre dans l'eau

Les compagnons de Chinkow, malgré la force de l'eau, purent arriver à l'avant; une secousse souleva l'arrière; il paraît que le milieu du radeau portait sur la roche glissante de la chute. Trois cris furent précipitamment poussés par l'Indien, et presqu'à l'instant l'arrière du radeau se trouva sur le même plan que l'avant, mais encore dans la courbe de la chute. Des deux côtés les Peaux-Rouges enfoncèrent leurs perches, se courbèrent dessus, et le radeau se trouva encore dans la force du courant, mais hors de danger. Il remonta lentement, et flotta bientôt sur une eau calme et profonde.

Quoique l'armurier connût l'étonnante adresse que montrent les Peaux-Rouges à franchir les rapides, il avait cependant douté qu'ils pussent réussir à sauver le radeau, et son cœur s'était serré, en songeant que des matériaux et des outils qu'il avait amenés jusque-là avec tant de peine, allaient être enfouis sous la chute. Il respira brusquement et frappant sur l'épaule de son fils, il lui dit :

— Hein, Robert, l'espérais-tu?

Quand, après avoir examiné un obstacle, un Indien dit : « Je vais le surmonter, » c'est qu'il sait qu'il peut le surmonter ; j'ai vécu quelque temps avec eux et je les connais bien.

— Allons rejoindre les autres, Robert; le Buffle, puisqu'il s'appelle le Buffle, trouvera bien un chemin pour nous conduire au-delà des rochers.

Ils entrèrent dans le fourré, en suivant le sentier fraîchement ouvert, et atteignirent bientôt les hommes et les chevaux.

Mais le chasseur ne s'y trouvait point, et l'on ne savait ce que Geslin était devenu.

— Il faut les rallier, dit Montaubert, deux hommes

perdus dans ces forêts ont ordinairement une triste fin. Robert, tire un coup de ton arme.

— Pourquoi perdre de la poudre et du plomb, mon frère? je devine où ils sont allés l'un après l'autre. L'ourse, que j'ai tuée, est là-haut sur les rochers, je parierais qu'ils sont occupés à lui enlever la peau, c'est leur métier.

Ils débouchèrent bientôt dans la plaine et firent halte un instant, espérant voir revenir leurs deux compagnons. Quand on eut tâché de faire comprendre la cause de cette halte au Buffle, il secoua la tête et fit des gestes qui simulaient une lutte terrible.

— Que veut dire mon frère? demanda l'armurier, qui ne comprenait point.

L'Indien recommença sa pantomime, et fit entendre un grognement d'ours.

— Je le comprends, maintenant, dit Robert : il nous dit que les chercheurs de peaux vont trouver un autre ours et qu'ils auront à défendre leur vie.

— Est-ce cela qu'a voulu dire, mon frère? demanda l'armurier.

L'Indien fit un signe affirmatif, indiqua la route à suivre, et posant la main sur le bras de Robert, il prononça ce mot français : Allons.

Et il était temps qu'ils allassent au secours des deux chercheurs de peaux. Une explosion retentit sur les rochers, puis une autre, et ils purent voir Ambroise Geslin tournant autour d'une masse de roc et fuyant aussi rapidement que le lieu permettait de le faire. Un ours énorme le suivait de près, il lui était impossible de charger sa carabine ; au même instant la moitié du corps du chasseur parut au-dessus d'un rocher; il ajusta sa carabine et le coup partit.

L'ours qui venait de perdre de vue Ambroise Geslin, dans ce dédale de rochers, s'arrêta, tourna la tête, et changeant la direction de sa course, ce fut vers le chasseur qu'il bondit. L'espace où se passait cette scène était parsemé de blocs de rochers, et s'abaissait rapidement du côté de la plaine. En ce moment Robert et le Buffle gravissaient rapidement ce côté de la montagne.

L'Indien s'arrêta au bruit de la troisième explosion; son œil perçant découvrit la petite colonne de fumée qui montait en l'air. Il se dirigea vers ce côté. De la plaine, on le vit encore s'arrêter et abaisser le canon de sa carabine. Robert se trouvait à quelques pas en arrière.

L'ours apparut; il était à dix pas du sauvage. A la vue de ce nouvel ennemi, il s'arrête un instant, se dresse sur les pattes de derrière. Le Buffle ne recule point; déjà l'ours peut atteindre le bout de l'arme; la détente est lâchée, mais le coup ne part point. L'ours arrache la carabine des mains de l'Indien, la jette avec fureur, et va le saisir entre ses pattes redoutables, quand la canardière de Robert passe par-dessus l'épaule du Peau-Rouge; une puissante détonation retentit, et la bête féroce roule sur le sól.

— Bravo! mon Robert, bravo, mon garçon; bravo! s'écria l'armurier en jetant en l'air son bonnet de peau. Il a fallu que cet imbécile de Peau-Rouge n'eût pas changé son amorce ce matin, car les carabines sorties de mon atelier ne trahissent jamais les gens prévoyants qui savent s'en servir.

Le combat était bien terminé: la balle avait brisé le

crâne, tout dur qu'il était, de la monstrueuse bête.

Les voilà tous réunis autour du dernier ours tué : les circonstances s'expliquèrent, ce fut Ambroise Geslin qui se chargea de ce soin :

— La peau de la femelle de l'ours appartenait à mon compagnon, dit-il, vous la lui aviez cédée, voisin Montaubert; il fallait l'enlever, et nous nous y sommes rendus, nos services ne vous étant pas utiles, puisque ce sauvage vous servait de guide. Le cadavre était où nous l'avions laissé, et nous allions lui enlever la peau, les pattes et les chairs du râble, quand nous aperçûmes un des oursons.

— Peste! me dit Philippe, il faut aussi emporter la peau de cette petite bête, mais ne la gâtons pas. Un ou deux coups de crosse sur la tête en auront raison. Probablement que la petite bête a compris que nous ne lui voulions pas de bien; elle s'est enfuie, en remontant vers le haut des rochers; je me suis mis à sa poursuite, et me voilà en présence de ce gigantesque animal; je le tire, à vingt pas de distance, peut-être un peu moins, mais, bast, au lieu de tomber, il se met à me suivre; Philippe le tire à son tour et grimpe sur les rochers : l'ours, qui m'avait laissé un peu de répit, ne le voyant plus, s'acharne à ma poursuite; je ne pouvais pas recharger ma carabine : certes, je le dis, et le raconterai à mes enfants, si Dieu permet que j'en aie, sans Robert, j'aurais passé un mauvais quart d'heure, car j'avais laissé mon couteau dans les chairs de l'autre ours.

— Tiens, Robert, dit-il en tendant la main au fils de l'armurier, je renonce à la première peau, quoique ton père me l'ait donnée, et je te remercie encore par-dessus le marché.

Ils trouvèrent les Peaux-Rouges sur la rive, les deux canots et le radeaux y étaient amarrés. La journée allait finir, on songea au repas du soir ; les jambons des ours et les lambeaux enlevés des parties les plus charnues pétillèrent sur les charbons ardents à côté de plusieurs autres pièces de gibier que les Peaux-Rouges avaient abattu.

— Que mon frère prenne cette autre carabine, dit l'armurier au Buffle, et qu'il n'oublie pas que les amorces doivent être renouvelées tous les jours. Ce pays est humide.

La rivière coulait entre deux rives basses ; son lit était large et profond, et le cours tranquille. Les canots remorquèrent facilement le radeau, et le voyage se continuait facilement. Il ne restait dans les canots et sur le radeau que le nombre d'hommes nécessaires à les manœuvrer, les autres longeaient les deux rives en chassant. Cette journée se passa sans accident, mais la marche était lente ; vers le soir le pays devint plus accidenté, une végétation luxuriante s'étendait sur les deux rives, et les forêts commençaient à se montrer. La rapidité du courant devint telle qu'il fallut attendre les chasseurs pour relayer les hommes des canots. On fit halte dans une anse de la rivière, où l'eau tranquille permettait de passer la nuit ; les arbres qui bordaient les rives étaient si vigoureux que les branches s'étendaient presque jusqu'au milieu de l'eau, et ne se trouvaient séparées de celles de l'autre rive que par un court espace. On avait nettoyé le terrain de la rive droite pour y établir un foyer et faire cuire la venaison dont les chasseurs revenaient chargés. Entre les blancs, la conversation se soutenait souvent vive et piquante, mais les Peaux-Rouges paraissaient désapprouver ce bavardage, et se tenaient à l'écart, dans un silence plein de dignité.

Ambroise Geslin, cédant à sa nature, causait comme une squaw, ainsi devaient le dire les compagnons de Chinkow, mais en même temps il ne négligeait pas de prendre ses précautions; l'aventure du matin lui rappelait qu'il faut renouveler ses amorces, aussi s'en occupait-il, le dos appuyé contre un tronc d'arbre. L'armurier, entouré de ses fils, réparait la chaussure, endommagée par la route, et recommandait à ses plus jeunes fils de faire provision de bois pour la nuit. — Elle est froide et humide, mes enfants, surtout dans ces territoires; tâchez donc de rendre cette cabane impénétrable à la rosée nocturne, je ne suis pas encore un Peau Rouge, et ma couverture me semble souvent bien légère.

Une véritable cabane, impénétrable à la rosée, fut bientôt construite, et garnie de peaux. Avant de s'envelopper dans sa couverture et de se coucher auprès de ses fils, l'armurier récita une courte prière, ainsi qu'il avait l'habitude de le faire chaque soir, et y ajouta ces mots :

— Mon Dieu! préserve ma pauvre Madeleine et notre jeune enfant, je suis bien loin d'eux et ne sais quand je les reverrai.

Depuis quelques jours le brave armurier se trouvait assailli de tristes pressentiments au sujet de sa femme et de son fils, qu'il savait à la mission de Sainte-Marie, entourés de tous les soins que se prodiguent de bons chrétiens aux jours de la persécution; mais le pauvre père avait appris de son loquace voisin que les Anglais avaient établi, dans le voisinage de cette mission, un comptoir. Il craignait que, selon leurs habitudes, des ministres de la religion anglicane ne s'y fussent installés en même temps. Alors, pensait-il, nos missionnaires seront molestés. Et ces pensées lui rendaient le cœur triste, mais il se gardait bien de faire part de ses inquiétudes à ses fils ; il se proposait une grande entreprise, il fallait des cœurs résolus ; il ne fallait donc pas distraire ses fils de ses projets. Cependant le sommeil vint le visiter, après une journée de fatigue de corps et d'esprit, et il dormait depuis environ trois heures, quand une main se posa doucement sur sa tête et finit par le tirer lentement de son sommeil.

— Est-ce toi, Robert? demanda-t-il en bâillant. Y a-t-il du nouveau, mon garçon?

La voix gutturale de Chinkow lui répondit :

— Que mon frère se lève et me suive.

L'armurier fut debout ; il savait que l'Indien ne l'eût pas éveillé pour une chose peu importante.

— Qu'y a-t-il, ami Chinkow? lui demanda-t-il.

— *Viens*, fut toute la réponse de l'Indien ; ils sortirent sans bruit de la cabane, passèrent entre le brasier et l'abri sous lequel dormaient Geslin et ses camarades, les chiens levèrent la tête, mais n'aboyèrent point. Chinkow se dirigea, suivi de l'armurier, vers une éminence ; arrivé au sommet il attendit dans la plus complète immobilité l'armurier, moins leste que lui. Quand il le vit à son côté, il étendit la main vers le sud, et lui dit :

— Que mon frère regarde.

CHAPITRE IV.

ervations de Chinkow. — Découverte d'un campement. — L'armurier dans le campement. — Quels hommes l'occupaient. — Réunion. — Un parti de Chippewais. — Nouvelles. — Voisinage ennemi. — Etourderie d'Ambroise Geslin. — Un trophée de Chinkow. — Continuation de la marche. — Les deux daims. — Prétentions d'Ambroise. — Décision de Chinkow. — Ils trouvent d'Arville le métis.

L'ATMOSPHÈRE était assez pure; çà et là dans ses profondeurs, des nuées semblables à des îles dans l'océan, paraissaient glisser sur une longue bande d'un rouge sombre. L'armurier, qui savait que ces Indiens présageaient une tempête, souvent effrayante dans les forêts, crut que Chinkow l'avait amené là uniquement pour l'en prévenir.

— Eh bien! dit-il, mon frère me fait remarquer l'approche de l'ouragan. Il sera violent, je le crains, mais nous pouvons nous mettre à l'abri.

— Là-haut est le vent, le tonnerre; mais en bas est le véritable danger. Que mon frère baisse les yeux et les arrête au-dessus de la forêt, n'y voit-il rien?

— Un nuage plus bas que les autres, et qui se dissipe dans l'air, répondit-il.

— Le soleil peut-il éclairer ce nuage? demanda l'Indien; tu vois l'ombre envelopper la cime des arbres.

— Et mon frère croit, demanda Montaubert, que ce nuage nous annonce aussi le danger. J'écoute; que suppose-t-il?

— Ce nuage, dit Chinkow avec gravité, s'élève au-dessus d'un grand feu, et puisqu'on ne craint pas d'être aperçu, c'est que la troupe qui l'a allumé est nombreuse et a confiance en ses armes. Mon frère comprend-il?

— Parfaitement, parfaitement, Chinkow; tu as raison.

— Chinkow est un chef, dit sentencieusement l'Indien.

— De quelle nation peuvent être les hommes qui ont allumé ce feu? demanda l'armurier.

— Ils sont loin et le rideau des forêts est épais; mais le nuage parle à l'Indien. Les hommes qui sont là-bas, et en grand nombre, sont des peaux blanches. Les Peaux-Rouges ont de la prudence; je suppose que ce sont des Anglais, car nos frères français ne parcourent plus les forêts en troupe nombreuse depuis la prise de Québec.

— Allons les reconnaître, Chinkow; ils ne se doutent pas de notre voisinage.

— La carabine de mon frère est longue et sûre, mais ses pieds parlent trop haut pour s'approcher de l'ennemi.

— Eh bien! Chinkow, je te suivrai à distance, tu pourrais avoir besoin de ma carabine.

— Mes guerriers sont là; que mon frère retourne au campement et prévienne les peaux blanches, il faut mettre ses outils à l'abri des ennemis.

— Ces Peaux-Rouges, se dit l'armurier en retournant au campement, pensent à tout, prévoient tout. Si j'allais être dépouillé de mon outillage, certainement je perdrais beaucoup de l'influence que j'attends de son service!

Tandis qu'il se rendait rapidement auprès de ses compagnons, Chinkow poussa le cri d'un oiseau de nuit. Vingt guerriers se rendirent silencieusement à cet appel, il leur parla un instant, et aussitôt ils se dispersèrent sous le couvert de la forêt. Le chef indien marcha en ligne directe vers l'endroit d'où s'élevait la fumée. Comment pouvait-il glisser sans froisser un seul arbrisseau, sans que ses pas ne fissent pas frémir les feuilles sèches dont le sol était jonché? C'est le secret des Peaux-Rouges, et les blancs ne l'apprendront jamais.

Déjà le chef indien découvre le brasier : il a vu de nombreux ballots servant d'enceinte; plusieurs chevaux et un animal de leur taille qui lui était inconnu. Il a distingué une sentinelle, se promenant l'arme au bras dans le petit espace libre qui se trouve entre les ballots et le brasier presque éteint. Il se doute qu'une autre sentinelle se trouve en-dehors de l'enceinte; comme un serpent, il se glisse sous les broussailles, prêtant à chaque instant l'oreille au moindre bruit. Une peau blanche ne se promène pas sans faire un bruit sensible à l'oreille d'un Indien.

Il ne perçoit aucun bruit; il se dresse derrière un tronc d'arbre, son œil perçant parcourt la demi-circonférence du campement; la sentinelle passe, il distingue le vêtement.

Ce n'est pas celui d'un soldat anglais. Il touche un des ballots, et entre l'espace qui le sépare des autres, il avance la tête et découvre une vingtaine d'hommes enveloppés dans des couvertures, étendus les pieds tournés vers le brasier. Ses doigts se promènent sur le ballot, le palpent; il contient des couvertures, le ballot voisin renferme des peaux. Ce sont des marchands, mais pourquoi en si grand nombre, pourquoi ces faisceaux de fusils comme les dressent les troupes régulières? Une main se pose sur son bras, c'est celle d'un de ses guerriers; il vient de faire le tour du campement et n'a découvert aucune sentinelle extérieure. Chinkow porte la main à son long couteau, examine la hauteur des ballots, mais une autre idée le retient. Il compte encore le nombre des hommes étendus autour du feu; ils sont vingt-et-un et la sentinelle: vingt-deux. A l'instant la sentinelle heurte du pied un des dormeurs et lui dit, d'une voix assez haute pour être entendu du dehors:

— Debout, camarade, ma faction est finie.

Chinkow entend, et comme il comprend le français, il juge que les hommes qu'il voit là, dans ce campement, sont français. Aussitôt il s'éloigne dans le même silence, et quand il se trouve à une certaine distance, il fait entendre le même cri de l'oiseau de nuit. Peu après ses guerriers étaient réunis.

— A notre wigwam, dit-il; et tous se mirent en route vers la rivière, en suivant une même ligne et posant le pied là où celui qui précédait l'avait posé.

L'armurier et ses compagnons n'avaient pas perdu leur temps à dormir, le matériel de la forge était couché dans un fourré très épais, et chargés de leurs havresacs, la carabine à la main, les chiens muselés, ils attendaient ou le retour de Chinkow, ou l'explosion d'une arme à feu.

La marche des Indiens fut si silencieuse qu'ils arrivèrent dans le campement, au grand étonnement de l'armurier.

— Eh bien! qu'a découvert mon frère? demanda-t-il.

— Peaux blanches, Français, répondit le chef indien; et fermant et ouvrant alternativement les deux mains, il répéta cela deux fois, puis laissa le pouce et l'index de la droite ouverts.

— Mon frère dit qu'ils sont au nombre de vingt-deux? demanda-t-il en faisant le même mouvement des mains.

L'Indien affirma de la tête.

— Soldats ou chasseurs, mon frère peut-il le dire?

— Marchands, répondit Chinkow.

— Marchands, fit Ambroise Geslin, et Français; je parcours ces territoires depuis deux ans, je ne crois pas qu'il y avait un si grand nombre de marchands français réunis. Tous les comptoirs établis sur les rivières sont au pouvoir des Anglais. Chinkow garda un silence plein de dignité.

On déposa les havresacs, et chacun se servit du sien comme d'un siége. Le conseil commença.

Deux des guerriers que Chinkow avait laissés en observation revinrent.

— Que font les peaux blanches? demanda Chinkow.

L'Indien s'étendit à terre et ferma les yeux.

— C'est bon, dit le chef. Que veut faire mon frère? demanda-t-il à l'armurier.

— Attendre le jour pour aller les reconnaître, nous sommes les plus forts.

— Et après? fit le chef Indien.

— Les combattre s'ils sont ennemis, et les accueillir s'ils sont amis.

— C'est bon, fit l'Indien, ils ont beaucoup de couvertures, et de peaux, et de fusils. L'hiver viendra, et le froid avec l'hiver.

— Nous arrangerons cela à ton souhait, Chinkow, mais il n'est plus temps de dormir, les forêts s'éveillent.

Effectivement, les premiers rayons du jour glissaient sur les cimes des forêts, dont les habitants s'étaient éveillés. Déjà des bandes d'oiseaux criaient, chantaient, remplissaient les bois de leurs cris discordants ; mais la lueur du jour n'avait pas encore pénétré sous les épais ombrages. Les peaux blanches, conduites par l'armurier, s'avançaient en bon ordre vers le campement des prétendus marchands ; les Peaux-Rouges, disséminés sur les ailes, marchaient aussi dans le silence des forêts.

Dès qu'il fut arrivé à une faible distance du campement des Français, l'armurier commanda à ses gens de s'arrêter, et voulut s'aventurer pour les reconnaître.

— Père, dit Robert, nous vous obéirons, mais quand il s'agit de votre vie nous vous désobéirons. Marchez seul, puisque vous le voulez, vers ces étrangers ; mais mes frères et moi nous vous suivrons, prêts à vous prêter main-forte.

— Ce sont des Français, dit l'armurier, je n'ai rien à craindre.

Il partit, ses fils et les quatre autres blancs le suivirent à distance. Les Peaux-Rouges se trouvaient épars aux alentours.

Le jour était très clair quand l'armurier arriva au campement des blancs ; ils se préparaient au départ.

— Qui vive? cria la sentinelle en voyant s'avancer un homme l'arme en bandoulière.

— Ami et Français, répondit l'armurier.

— Approche à distance, dit la sentinelle, qui es-tu?

— Où est ton chef? demanda l'armurier.

— Ah! ah! s'écria la sentinelle, maître Montaubert, l'armurier de Québec, sois le bien-venu, ami; sois le bien-venu.

La sentinelle était un de ces hommes énergiques qui, durant un an, avaient soutenu les droits de la France sur le Canada. Le bruit de l'arrivée de Montaubert circula dans le campement, et tous accoururent; on savait comment il avait échappé aux Anglais, et son nom était déjà passé à l'état de légende. Le chef de la troupe, Jonas, ancien soldat de Montcalm, vint le recevoir et lui faire fête.

Quand on connut la position de Montaubert dans les forêts, tous ces hommes, qui tenaient pour le parti français, l'accueillirent avec enthousiasme; ils étaient les débris des hommes héroïques qui, durant un an, avaient combattu pour la France. Réduits à un tout petit nombre, ils erraient dans les solitudes, attaquant les comptoirs anglais et réveillant chez les Peaux-Rouges leur ancien attachement à la France.

Le soir de ce jour, cinquante-six hommes dévoués, en y comprenant les sauvages, se trouvaient réunis dans le même campement.

Jonas, chef des nouveau-venus, venait de dévaliser cinq comptoirs anglais; il avait, sans pitié, massacré tous ceux qui avaient fait résistance, et s'était emparé de toutes les marchandises de ces comptoirs. Pour se rendre les Peaux-Rouges favorables, il distribua à chaque guerrier une couverture, de la poudre et des balles. Il pouvait compter sur les guerriers de Chinkow, après une pareille générosité.

Où allaient ces aventuriers? ils n'en savaient rien : ils voulaient anéantir les Anglais partout où ils les trouveraient. C'était un renfort pour les projets de l'armurier.

Jonas et l'armurier tinrent conseil.

— Il est probable, dit le premier, que les Anglais enverront contre nous une troupe nombreuse ; le tort que nous faisons à leur commerce de pelleterie irrite ces avides marchands. Je soupçonne que notre route est connue et qu'ils nous ont fait suivre par les Iroquois leurs alliés. J'approuve donc votre projet d'aller vous établir dans une forte position sur le lac Supérieur ; il a des îles, des rives garnies de hauts rochers et d'anses favorables aux canots, mais ni moi ni mes gens ne pouvons nous y fixer. Nous avons juré de faire aux Anglais une guerre d'extermination ; nous y périrons tous, je le sais, mais nous entretiendrons la haine qu'ils inspirent à mes compatriotes et aux Peaux-Rouges, qui furent si longtemps les fidèles alliés de la France. Le nom de Montcalm est toujours en vénération parmi eux ; peut-être que la France songera au Canada. Le plus faible renfort que nous enverrait la mère-patrie serait le signal d'un soulèvement général. Fondez donc sur le lac Supérieur un établissement d'armurier, nous aurons besoin d'armes, et par notre courage ou celui de nos successeurs, et Dieu aidant, le drapeau de la France brillera encore sur les tours de Québec.

Jonas parla longtemps encore, l'armurier l'écoutait attentivement ; s'il ne partageait pas toutes ses espérances, il adoptait tous ses projets. Chinkow, appelé en consultation, assura que la route de terre serait plus courte et plus sûre, et qu'il fallait la préférer, puisqu'ils avaient des chevaux pour transporter le matériel de la forge. Il ajoutait, avec le bon sens de l'Indien, que si les Anglais envoyaient des troupes à leur poursuite, ces troupes ne manqueraient pas de remonter les cours d'eau, si nombreux dans ces territoires, et qu'ils ne se hasarderaient point dans les dédales inextricables des forêts, à moins qu'ils n'y fussent guidés par les Iroquois ; mais qu'alors les nations qui habitent ces territoires se rallieraient toutes à eux pour chasser ces alliés des Anglais, dont elles étaient toutes les ennemies.

Après avoir distribué les paquets, quatre chevaux furent réunis aux deux que possédaient déjà les camarades de l'armurier, et on remonta encore la rivière jusqu'à un portage, d'où la marche devait se continuer par terre.

Chinkow cacha les canots dans un lieu sûr, et fit échouer le radeau sous la chute.

— S'ils viennent ici, les habits rouges, fit-il en s'adressant aux deux chefs français, ils découvriront le radeau, penseront que vous avez été submergés et passeront du temps pour le relever et visiter ses débris. Nous aurons de l'avance, et pris une forte position sur le lac Supérieur.

Il ignorait que Jonas et ses gens ne comptaient pas se fixer auprès de l'armurier, et il avait aussi dressé son plan. Nous le connaîtrons plus tard.

Le troisième jour de leur marche, ils rencontrèrent un parti de chasseurs chippewais. Jonas leur distribua des couvertures et reçut des pelleteries en échange. Ces chasseurs leur apprirent que les Iroquois avaient déterré la hache, et que, quelques jours auparavant, ils avaient eu une rencontre avec un de leurs partis; qu'ils avaient perdu deux guerriers, mais que la victoire leur étant restée, ils avaient enlevé six chevelures; ils les montrèrent avec orgueil, mais ils eurent soin de cacher une chevelure blonde enlevée au crâne d'un blanc. Ce fut Chinkow qui en avertit l'armurier. Les Chippewais avaient aussi enlevé plusieurs objets, entre autres une montre, dont ils ignoraient l'usage. Après information et inspection des objets, il fut démontré aux blancs que des Anglais se trouvaient mêlés aux Iroquois, et que la chevelure blonde avait certainement appartenu à un fils de l'Angleterre.

Dès que les Chippewais connurent la haine de leurs nouveaux amis pour les Anglais, ils entrèrent dans des détails plus étendus, et ce fut par eux qu'ils apprirent les préparatifs de guerre qui se faisaient dans toutes les stations anglaises le long du Saint-Laurent.

Les chasseurs chippewais reprirent leur marche vers l'ouest, enchantés de la rencontre qu'ils venaient de faire et qui les avait approvisionnés de couvertures; mais ils ignoraient le lieu où se rendaient les blancs et leurs alliés les Mohawks et Hurons.

— Chinkow, dit l'armurier, nous n'avons eu ni tempête ni mauvaises rencontres, et notre voyage arrive à son terme; qu'en pense mon frère?

— Le danger n'occupe qu'un tout petit espace, répondit l'Indien, et nous en avons encore un grand à parcourir.

— Ainsi, mon frère pense que nous pouvons rencontrer des périls sur la route?

— Nous avons rencontré des chasseurs amis, nous pourrions bien rencontrer des guerriers ennemis; les chasseurs ont enlevé des chevelures.

— Mon frère voit que nous sommes en état de les combattre! La balle va tout droit : un homme tombe, et il faut bien des lunes avant qu'un homme soit un guerrier. Mon frère voit que nous sommes sur nos gardes; ses guerriers sont sur nos flancs dans l'épaisseur des forêts, nous ne devons pas craindre une surprise.

— Les guerriers blancs ont des chevaux, on les entend de plusieurs milles; ton frère à la longue barbe (Ambroise Geslin) chante aussi haut que l'oiseau moqueur.

— Tout cela est vrai, Peau-Rouge; oui, tu dis des paroles sages; mais le blanc n'a pas les dons de l'Indien, il est dans sa nature. L'Indien est muet, la feuille ne crie pas sous son mocassin, Chinkow, il passe sans éveiller l'oiseau endormi. Les Iroquois, quoique des chiens, ont tous les dons de leurs frères des forêts.

A l'instant Chinkow s'arrêta, pencha la tête de côté, son œil parut vitré.

L'armurier le regarda avec étonnement; mais il comprit que des bruits imperceptibles pour lui attiraient l'attention du chef sauvage.

— C'est le Buffle, fit Chinkow en reprenant son attitude ordinaire, il est le seul de mes guerriers qui se fasse entendre.

L'Indien désigné par Chinkow arriva; il présenta à

son chef un tison éteint. Celui-ci le tourna en tous sens et dit :

— Feu des peaux blanches.

— Comment mon frère peut-il le savoir ? demanda l'armurier.

— Vois, répondit Chinkow ; la branche a été taillée avec un long couteau. Les guerriers rouges coupent avec la hache.

Il parcourut les alentours d'un regard rapide; il paraît que la position lui convint, car il commanda halte.

Ambroise Geslin, Jonas et les trois fils de l'armurier s'approchèrent : tous pressentaient un danger.

— Que mes frères écoutent, dit le chef indien d'un ton d'autorité plein de dignité : les Anglais ne sont pas loin, le Buffle a vu les restes de plusieurs feux éteints, les cendres étaient encore chaudes. Il a découvert aussi des traces de mocassins sur les cendres éparses... Anglais et Iroquois. Que pensent mes frères ?

Ambroise Geslin allait parler, Chinkow lui mit la main sur la bouche, l'armurier lui jeta un regard suppliant...

— Que mes frères pensent-ils ? nous demande ce Peau-Rouge, et lorsqu'un de ces prétendus frères ouvre la bouche, il ose la lui fermer ! dit Ambroise indigné.

Chinkow ne le regarda même pas, et s'adressant aux autres blancs, il répéta sa question.

Jonas visita le bassinet et la pierre de sa carabine, le seul nom d'Anglais lui donnait envie de combattre ; l'armurier répondit :

— Mon frère vient de nous prouver qu'il est clairvoyant, il voit mieux le danger que nous ; que pense-t-il ?

Chinkow parut flatté, quoique pas un muscle de sa face ne se remuât. Il répondit :

— Muselez les chiens, cachez les chevaux dans ce massif et couchez-vous auprès, Chinkow va revenir.

Il visita rapidement les batteries de son arme et disparut avec le Buffle.

Dix minutes s'étaient à peine écoulées qu'on entendit le chant de l'oiseau moqueur; Ambroise n'avait pas voulu se coucher et marchait comme une sentinelle l'arme au bras.

Ambroise Geslin trouvait qu'il avait été molesté, et maugréait en marchant.

— Voisin, lui dit à voix basse l'armurier, venez ici, pour l'amour de Dieu ; la colère est une mauvaise conseillère.

Cette invitation désarma le brave Ambroise, il s'assit auprès de l'armurier.

— Vous avez raison, Montaubert; puisque nous nous confions à notre guide, il faut lui obéir.

Montaubert lui serra la main, Ambroise avait déjà tout oublié; mais Ambroise n'était pas de ces gens qui restent longtemps tranquilles. Au bout d'un quart d'heure, il se leva doucement, alla se placer contre un tronc voisin, épiant à droite et à gauche. Un coup sec retentit contre le tronc de l'arbre, et une forte explosion retentit derrière lui.

— Ah! dit froidement Geslin, si j'avais eu votre taille, voisin, j'aurais attrapé la prune dans le crâne. Deux pouces au-dessus de ma tête, voisin!

— Ce bavard aurait bien besoin de plomb dans la tête.

dit Jonas à ses hommes. Attention, l'attaque va nous venir d'un autre côté, s'il y a plusieurs Peaux-Rouges.

Plus d'une heure s'écoula dans cette anxieuse incertitude, Chinkow apparut. Il avait une chevelure sanglante pendue à la ceinture, il vint s'asseoir en silence auprès de l'armurier, qu'il affectionnait. Celui-ci lui montra du doigt son sanglant trophée.

— Iroquois, fit-il, il a parlé trop haut; ceci ne fait pas de bruit, et il montrait son long couteau.

— Est-il seul, Chinkow?

— Les autres ont passé la rivière; les peaux blanches n'avaient pas de canot, ils ont remonté plus haut et passé difficilement sur un tronc d'arbre.

— Sont-ils nombreux? demanda l'armurier.

— Plus que nous, en y comprenant les Iroquois.

— Mon frère croit-il qu'ils aient entendu le coup de carabine?

— Non, le vent est contraire, souffle fort, et les forêts murmurent.

— Ainsi nous n'avons pas à craindre une attaque?

— Mes guerriers vont revenir et le diront.

Quand les guerriers de Chinkow furent de retour, il les écouta l'un après l'autre, puis revint au cercle que faisaient les blancs.

— Les Anglais et les Iroquois sont sur la terre des chasseurs chippewais, elle va du lac Supérieur vers l'ouest, et la nôtre vient du levant : que les guerriers blancs soient en paix. Voici de la venaison, qu'ils cherchent des branches mortes, elles ne font pas de fumée, et le vent chasse de l'ouest à l'est.

Rien ne pouvait être plus agréable aux peaux blanches

que l'annonce d'un repas; ils marchaient depuis le lever du jour, l'estomac est impérieux chez les chasseurs. Le sauvage enlève plus prestement une peau que le plus habile boucher du vieux monde; dans un instant les chairs pétillèrent sur les charbons, et nos voyageurs se mirent à table, table sans apprêts : les siéges étaient des troncs d'arbres, des havresacs, un monticule de terre. Le blanc découpait sa chair avec un petit couteau, en tranches effilées et presque saignantes, le Peau-Rouge la portait toute brûlante à ses lèvres et la mâchait à peine. Tout cela se faisait en silence, Ambroise Geslin même se taisait. Le même silence ne régnait pas entre les chiens, ils se disputaient les os en grondant et en se distribuant plus d'un coup de dent : la puissance de l'estomac annonce la bestialité. Chinkow, son repas terminé en silence et avec modération, s'enveloppa de sa couverture, s'étendit sous un buisson et s'endormît comme s'endort un Indien. Deux de ses guerriers veillaient.

Les blancs suivirent cet exemple, après avoir démuselé les chiens; cette halte donnée au sommeil dura quelques heures; le chef indien l'éveilla, serra la couverture autour de ses reins, et dit :

— Partons.

Ils eurent bientôt atteint la rivière que les Anglais et les Iroquois avaient traversée quelques milles plus haut. Chinkow examina les traces et parut tout-à-fait tranquille. Les chevaux, soutenus des deux côtés par des pièces de bois, passèrent avec leurs fardeaux ; le mulet, la bête que l'Indien ne connaissait point, refusa d'entrer dans la rivière. Chinkow lui couvrit la tête de sa couverture, et, aidé des blancs, le poussa dans l'eau ; une longue corde le tirait en avant, et malgré son entêtement il passa.

Le terrain s'abaissait rapidement ; la végétation se montrait plus vigoureuse et les obstacles plus grands.

— Demain nous verrons la grande eau, dit Chinkow, et les peaux blanches se reposeront. Que mon frère cherche un campement pour la nuit.

C'était toujours à l'armurier qu'il adressait la parole.

Déjà on se préparait à décharger les chevaux, lorsque Chinkow, posant la main sur le bras de l'armurier, lui dit :

— Pas là...

— Eh! pourquoi, fit l'armurier, voilà de l'herbe pour nos bêtes et un feuillage qui nous garantira de la rosée de la nuit.

— Vois, lui dit l'Indien (il lui indiquait une butte de terre auprès de laquelle on déchargeait les chevaux) ; les fourmis sont dans leur territoire, laissons-les en paix.

— Heim! fit Jonas, si nous nous étions couchés là, demain nous n'aurions plus eu que des os!

Ils allèrent s'établir sous de grands arbres à deux cents pas de la fourmillière, et après s'être entourés de toutes les précautions qu'exigent les dangers des forêts, ils allumèrent un grand feu, et s'étendirent autour.

— Voisin, dit Ambroise en s'approchant de Montaubert, savez-vous que ce Peau-Rouge se comporte envers nous comme un seigneur envers ses vassaux ?

— Je sais, Ambroise, que si vous vous étiez conformé à ses prescriptions, vous n'auriez pas couru les risques d'être cloué à un arbre.

— Bast! fit Ambroise, mon heure n'était pas encore venue; quand elle viendra, le Peau-Rouge ne m'en préservera pas par ses avis.

— Ainsi, mon cher Ambroise, que nous prenions ou non des précautions, d'après vous, quand l'heure est venue, il faut partir. La prudence ne sert donc à rien?

— Je ne dis pas cela, non je ne dis pas cela, Montaubert!

— Que voulez-vous donc dire? Ambroise.

Cette question l'embarrassant, il répondit :

Je veux dire que le repos et le sommeil sont deux bonnes choses, après une journée comme nous l'avons passée. Ainsi, bonsoir, voisin; couvrez-vous bien, l'humidité est dangereuse.

Lorsque les premières lueurs du crépuscule glissaient sur les dômes des forêts encore endormies, Chinkow, toucha doucement l'armurier :

— Il est temps, lui dit-il de sa voix profonde et gutturale; la marche étend les membres engourdis.

Jonas et ses hommes dormaient d'un sommeil si profond, qu'ils n'entendirent pas les premiers remuements.

— Qu'ils dorment encore une heure, dit Chinkow, ils trouveront les tranches grillées; il leur faut beaucoup de chair, ils sont chargés de fardeaux. L'Indien sans science savait, par instinct, que ceux qui fatiguent le plus ont besoin d'une plus ample restauration; mais Ambroise Geslin était éveillé, comment Jonas et les siens auraient-ils pu dormir?

— Allons donc! fit-il en secouant Jonas, vous dormez la grosse matinée comme si vous étiez dans un bon lit, derrière de bonnes murailles. Ouvrez les yeux, camarades, votre ciel de lit est le grand chêne qui pleure goutte à goutte sur votre personne.

Chinkow ne pouvait supporter le bavardage d'Ambroise. Il dit sentencieusement :

— Avant de chanter, l'oiseau moqueur va chercher sa nourriture.

— Et s'il l'a au bout de son bec? demanda l'incorrigible causeur.

— Il la prend sans bruit, répondit le chef indien en lui tournant le dos.

Jonas et ses compagnons furent debout en un instant, ils serrèrent leurs ceintures, visitèrent leurs guêtres de peau de daim, sans oublier leurs armes.

L'armurier, ses fils et les camarades d'Ambroise préparaient le repas, frottaient les chevaux et les chargeaient. Tous ces soins et le temps du déjeuner ne prirent pas une heure, et quand ils se mirent en marche, des murmures de toutes sortes ranimaient les forêts, encore enveloppées, sous les rameaux, de cette demi-obscurité qui n'est ni la nuit ni le jour. Les Indiens prirent lestement l'avant-garde, en s'étendant en une longue ligne qui découvrait le pays à la portée d'une balle.

Déjà, depuis quelques instants, un bruit extraordinaire était poussé à leurs oreilles par des bouffées de vents. Ce bruit allait en augmentant, bientôt ils distinguèrent le murmure sourd et monotone d'une chute d'eau.

— Nous arrivons au lac, dit Jonas à l'armurier, je reconnais le bout de cette chute qui s'est creusé une anse profonde entre des rochers.

Des volées de grands oiseaux faisaient au-dessus des forêts des évolutions rapides en poussant des cris discordants ; il semblait qu'à l'approche de ce vaste lac la vie circulait avec plus d'activité, plus d'énergie. Deux daims furent assez malavisés pour passer en vue des chasseurs ; pauvres et inoffensives bêtes, elles venaient peut-être des bords du lac pour y recevoir les premiers rayons du soleil, et retournaient dans les profondeurs des forêts, refuges de tant de créatures de Dieu. Elles tombèrent percées de balles, lesquelles, chaudes de leur sang, se refroidirent sur les gouttes froides de la rosée !

Ambroise prétendit avoir abattu le grand daim ; un des camarades de Jonas éleva les mêmes prétentions : chacun voulait la peau.

— Chinkow décidera cette affaire, dit Jonas en riant, il sait rendre justice à notre ami Ambroise.

Celui-ci n'osa pas récuser cette manière de terminer la contestation ; seulement il déclara qu'il entendait qu'on ne dît pas au chef indien qu'il était un des prétendants.

Le bruit des coups de feu fit apparaître l'Indien.

— Que mon frère dise de quelle carabine est sortie la balle qui a presque traversé les épaules de ce daim. C'était Jonas qui parlait.

Sans répondre, Chinkow souleva l'animal, examina le passage de la balle, et dit :

— Les longues carabines n'ont pas fait cette blessure, la balle eût traversé le corps.

— Et celle qu'enverrait ma carabine, demanda Ambroise, l'eût-elle traversé ?

— Oui, dit l'Indien, mais à courte distance, et elle eût fait un plus petit trou. Il fendit l'animal, arracha la balle et la présentant à l'ouverture de la carabine d'Ambroise, elle se trouva trop grosse ; l'affaire était décidée.

— Maudit Peau-Rouge, grommela Ambroise, je le trouverai toujours sur mon chemin !

Les guerriers de Chinkow revinrent : ils n'avaient rien découvert sur la rive nord du lac, ni aucun canot sur l'étendue de la surface que pouvaient embrasser leurs regards; seulement, à environ deux milles du point où tombait la chute d'eau, sur un rocher très élevé, ils avaient aperçu un drapeau.

— C'est bon, dit Chinkow, passons la rivière.

Ce passage s'exécuta comme les précédents; et après une marche pénible de plus d'une heure, ils atteignirent la base du rocher. Les abords en étaient impraticables pour des chevaux. Le pays était si complètement couvert d'arbres qu'ils y arrivèrent sans avoir été découverts par ceux qui avaient arboré le drapeau.

Quatre hommes restèrent à la garde des chevaux, les autres commencèrent à gravir le long des flancs du rocher.

Enfin ils furent découverts; deux Indiens et un homme qui leur ressemblait beaucoup, mais dont l'habillement annonçait l'Européen, vinrent à leur rencontre.

Ce fut sur un espace étroit qu'ils se trouvèrent réunis ; l'homme à l'extérieur européen parcourut ces nouveau-venus d'un coup d'œil rapide. La grande taille de l'armurier et de Jonas parut le frapper ; il connaissait déjà les fils de Montaubert. Un peu plus grand que les Mohawks, plus largement proportionné, mais aussi bien conformé, aussi souple qu'eux, d'Arville, car c'était le pionnier normand du lac Winnipeg, avait le teint presque rouge comme les Mohawks, mais les traits bien différents. Son nez, saillant et arqué, imprimait à sa physionomie un caractère étrange de décision et d'énergie, que ne démentaient ni l'ampleur de son front, ni l'éclat de ses yeux, ni surtout un menton fortement prononcé. Il accueillit ses hôtes, les précéda sur le rocher, où des tentes en peaux de bisons servaient d'abri.

— Soyez les bienvenus, leur dit-il en bon français canadien ; je vous attendais.

La famille de d'Arville se composait d'une femme indienne, assez jeune encore, de quatre filles et d'un tout petit garçon qui vint examiner les étrangers à travers les fentes de la tente.

— Mes guerriers sont dans la plaine, dit d'Arville. Ils surveillent mes troupeaux, qui pourraient s'écarter dans ces pâturages inconnus pour eux.

Dès qu'il sut que l'armurier et ses compagnons avaient laissé leurs chevaux et leurs bagages du côté opposé du rocher, il prit une trompe composée d'une longue corne et fit entendre trois appels qui amenèrent auprès de lui deux jeunes Indiens. Il les envoya pour diriger les hommes et les chevaux des compagnons de l'armurier là où il avait établi les cabanes de sa suite et les parcs de ses troupeaux.

Montaubert fut étonné de voir Chinkow s'introduire dans la seconde tente où se tenaient les femmes, et apprit qu'il était le frère de la belle-mère de d'Arville.

Chacun s'établit à sa guise, et l'arrivée d'un si grand nombre d'étrangers ne parut pas plus embarrasser le métis européen que s'il n'eût reçu qu'un hôte.

— Les bisons commencent à descendre du nord, dit d'Arville, mes guerriers en ont tué deux hier et s'occupent à faire un parc pour préserver nos troupeaux de leur rencontre. Ceux que nous avons aperçus, en petit nombre, nous présagent une chasse indienne. Sont-ce des Chippewais ou des Mohawks, c'est ce que je ne saurais dire; notre position est forte, nous n'avons besoin que de vigilance.

Il est bon d'exposer ici les causes qui avaient décidé d'Arville à venir s'établir sur le lac Supérieur. Il avait conservé pour les compatriotes de son père et pour les Français un grand attachement; le séjour des fils de l'armurier chez lui l'avait corroboré et lui avait en même temps fait naître des idées peut-être ambitieuses qu'il ne pouvait satisfaire parmi les compatriotes de sa mère et de sa femme.

Mais une autre cause, plus louable dans un père, détermina cette émigration. Il savait que les femmes chez les blancs jouissent d'une condition plus heureuse que chez les Peaux-Rouges, où elles sont chargées des plus rudes travaux; il voulait soustraire ses filles à la triste condition des femmes indiennes, et les marier à quelques colons français : d'Arville était riche en troupeaux, en pelleteries et même en argent.

CHAPITRE V.

Description de l'habitation du rocher. — Un arrivage signalé. — Nouvelles de Québec. — Projets de d'Arville. — Chinkow pressent l'ennemi. — Préparatifs. — Sortie de Chinkow. — Les ennemis surpris et massacrés.

L'ARRIVÉE de l'armurier sur les bords du lac Supérieur et son établissement chez le pionnier d'Arville eut lieu vers les derniers jours du mois d'août 1752. Nous le trouvons vers la fin d'octobre bien installé sur une des pentes du rocher et travaillant activement à la confection des tomahawks, des longs couteaux en usage chez les Peaux-Rouges, et dans un vaste atelier divisé en trois parties. Celle qui s'ouvre sur le devant est une bonne forge, munie de tous les outils nécessaires à sa profession, et remplie de vieux canons de fusil, de crosses de longs pistolets, de baïonnettes et de sabres.

La pièce de côté n'offre que des tas de ferrailles et des monceaux de charbon ; dans l'enfoncement s'étend une vaste pièce qui sert de cuisine et de chambre à coucher à l'armurier et à ses fils ; des peaux de bisons la séparent en deux compartiments. Montaubert, une femme assez âgée et un petit garçon de dix ans y couchent. Cette femme est Madeleine, épouse Montaubert. Comment se trouve-t-elle réunie à sa famille, c'est ce que les documents que nous avons consultés ne disent point ; que s'était-il passé durant les deux derniers mois, c'est encore sur quoi les documents sont muets. Nous allons tâcher d'y suppléer, mais auparavant il faut décrire l'habitation de d'Arville, afin que le lecteur puisse comprendre les événements qui vont se passer sur le rocher où se trouve cette habitation.

De grands travaux avaient été exécutés pour en rendre la base d'un accès difficile. Çà et là se montraient des palissades en pieux énormes, soutenues à l'intérieur par des terres et des pierres. Le bas du rocher était taillé à pic, et dans cette muraille naturelle, on avait pratiqué un chemin profond, coupé à angles droits, et de peu de largeur. Une lourde porte de troncs d'arbres à peine dégrossis fermait ce chemin au sommet de chaque angle, et était consolidée avec de fortes traverses en bois. Au-dessus de la première esplanade s'étendaient des bâtiments grossiers en troncs d'arbres, et recouverts d'écorces : c'étaient les étables et les écuries. Le côté s'appuyait contre le rocher, et près d'une seconde palissade, construite comme la première, au-dessus de laquelle s'élevait une large et forte construction, percée de meurtrières et de fenêtres étroites. Là habitait d'Arville et sa famille, composée d'environ quinze personnes, pour la plupart Peaux-Rouges et alliées à la famille d'Arville. A côté, et échelonnées comme des nids d'aigles, se voyaient une dizaine de cabanes, occupées par les serviteurs nombreux de la famille. Tout-à-fait au sommet du rocher, à l'abri de gros blocs de pierre et tournée vers le midi, une construction plus élégante, plus élevée, et percée de quatre fenêtres se distinguait par un petit clocher en pointe aiguë. Cette demeure était la maison du Seigneur, la chapelle où officiait et enseignait un religieux de l'ordre des Récollets, nommé le père Arnoul. Son habitation était adossée à la chapelle et plaisait à l'œil par son extérieur blanchi à la chaux, et les cordons de plantes qui couraient le long de la muraille éblouissante aux rayons du soleil.

Autour de ce fort, le sol, assez plane, offrait des prairies, des champs cultivés, où se dressaient çà et là des troncs d'arbres portant les traces du feu ou de la hache; cette étendue de terrain, qui pouvait avoir un mille dans la plus grande largeur, était traversée par une petite rivière bordée de grands arbres. Elle venait faire une chute peu élevée dans le lac, au bas du rocher si bien fortifié. Des bœufs, des moutons et une troupe de porcs vaguaient sur cette plaine sous la garde de petits Indiens et de plusieurs chiens énormes dits Terre-Neuviens. Dans l'anse, où se déchargeait la rivière, une barque longue et forte était amarrée à la rive, sur laquelle cinq canots en écorce de bouleau se voyaient renversés comme des huttes de castors. Une guérite dominait cette anse, et pouvait abriter plusieurs personnes à la fois.

Tout prouvait que les habitants de ce petit fort n'avaient rien négligé pour lui mériter ce nom, et pour espérer dormir en paix à l'abri de ses palissades.

Le mois d'octobre amenait les premiers froids de l'hiver; déjà les forêts se marbraient de teintes d'un jaune pâle mêlées à la verdure moins brillante qu'aux jours de la belle saison.

Les oiseaux aquatiques se réunissaient en bandes innombrables, comme pour se protéger durant les jours rigoureux, et les couverts des forêts entendaient fréquemment les pas lourds et les grondements des bisons qui s'acheminaient vers les contrées plus tempérées où ils allaient trouver l'herbe et le feuillage que le froid commençait à rendre rares vers le nord du Canada.

La journée était avancée, les rayons obliques d'un soleil d'automne glissaient sur la vaste nappe du lac et se réflétaient dans les couches brumeuses d'une atmosphère sans limpidité, pâle et mélancolique.

Plusieurs canots furent signalés à l'horizon du sud. Un homme assis sur le point culminant du rocher, la carabine entre les jambes, suivait d'un œil attentif la marche de ces canots. Il paraît qu'elle ne lui inspira aucune crainte, quoiqu'elle se dirigeât vers le fort, car il descendit tranquillement à la forge. On désignait sous ce nom l'habitation de l'armurier.

— Ami Montaubert, dit-il à l'armurier, nos partisans reviennent plus tôt que nous ne les attendions, ils ont le même nombre de canots et une grande barque. Nous saurons des nouvelles de Québec ou de Montréal.

Montaubert et ses fils déposèrent leurs marteaux et suivirent d'Arville au lieu d'observation.

Cinq canots voguaient en avant d'une longue barque que deux semblaient remorquer. D'Arville agita un drapeau blanc; un des canots répondit à ce signal en agitant en l'air ses rames.

— Cette barque est pleine d'hommes armés, dit d'Arville.

— Et les canots aussi, dit Robert; cependant je crois bien reconnaître la grande taille de Jonas. Voyez sur le pont de la barque, tout-à-fait à l'avant.

Barque et canots n'étaient pas à une grande distance.

mais comme la clarté du jour s'éteignait, on ne distingua bientôt plus que des points noirs voguant à la surface des eaux.

D'Arville était trop habitué à la vie des forêts, pour ne pas se mettre en mesure de repousser une attaque par surprise ; aussi, quand les embarcations entrèrent dans l'anse, tous les hommes du fort se trouvaient-ils aux palissades et aux meurtrières, la carabine à la main.

Il ne leur arrivait que des amis, mais le nombre était plus grand qu'à leur départ. Dès qu'ils furent admis dans le fort, et qu'ils eurent réparé leurs forces, le conseil se rassembla.

Le prêtre Arnoul y fut appelé. Voici le rapport fait par Jonas.

— Nous avons descendu jusqu'aux comptoirs que les Anglais ont encore sur les rivières, à quelque distance de Québec ; comme notre plan n'était pas de les détruire, Ambroise Geslin, avec quatre canots chargés de pelleteries, se rendit à l'abord du premier comptoir. Le peu d'hommes qui l'accompagnaient n'ayant inspiré aucune inquiétude aux agents, il a pu traiter avec eux de la vente d'une partie de sa cargaison et descendre, sous prétexte de vendre le reste, jusqu'à un comptoir plus rapproché du fleuve. Le seul canot qui nous restait, fut emporté dans la forêt et bien caché ; ensuite, longeant la rive gauche (le comptoir anglais est établi sur la droite), nous pûmes descendre sans être découverts jusqu'à cinq milles au-dessous, où nous trouvâmes Ambroise et ses gens, qui nous renseignèrent. Ils avaient recueilli peu de nouvelles, mais on leur apprit celle qu'il nous était la plus importante de savoir : on leur apprit que deux forts détachements étaient partis de Québec pour aller détruire les partisans français qui s'étaient retirés vers le lac Supérieur, après avoir dévasté et incendié plusieurs comptoirs anglais.

Ambroise put se débarrasser de son reste de chargement au comptoir désigné sous le nom de Mosc, à environ dix milles du fleuve. Il obtint de plus complets renseignements à cette dernière résidence; nous l'attendions au passage, et il nous en fit part.

Le gouverneur anglais avait été remplacé par un officier nommé Cliffort, homme de grande réputation militaire, quoique Montcalm l'eût battu en toute rencontre, lorsque ce grand homme luttait si énergiquement pour la colonie française. Ce Cliffort, nous dit Ambroise, a juré d'en finir avec les partisans français et a dressé des plans sur la réussite desquels les Anglais comptent beaucoup.

— Pour m'introduire dans le port de Québec, ajouta Ambroise, je me suis chargé d'y transporter une partie des pelleteries appartenant à la compagnie anglaise.

C'était habile de la part de Geslin.

Dans le cas où la rive du fleuve eût été dangereuse pour nous, Ambroise devait nous envoyer un de ses hommes dans le lieu où nous devions nous tenir à couvert, en attendant nos amis de Québec. Déjà cinq jours s'étaient écoulés, depuis que nous étions à notre point de ralliement, sans avoir reçu d'autres nouvelles d'Ambroise, lorsque, dans la nuit, nous fûmes rejoints par les amis que nous avons amenés. Ils avaient pu s'échapper de la ville, et tous nos autres camarades, sur lesquels nous comptions pour nous donner un coup de main, avaient été arrêtés, fusillés ou emprisonnés. Notre coup de main était manqué. Mon opinion et celle de tous mes compagnons est qu'Ambroise Geslin, soit par intempérance de langue, soit par ennui de la vie aventureuse des forêts, a tout dévoilé aux Anglais. Ce qui semblerait confirmer cette opinion, c'est que, en remontant le long du cours d'eau qui conduit au premier comptoir, nous avons reconnu nos quatre canots avec la grande barque qui est dans l'anse. Ces embarcations portaient des marchandises, des armes et des munitions pour les deux comptoirs anglais. Nous nous en sommes facilement rendus maîtres ; les dix Anglais ne sont plus, les deux comptoirs sont inondés, et nous voilà pour vous dire :

— Le danger vient, préparons-nous à le repousser.

Ces tristes nouvelles firent une telle impression sur les assistants, qu'ils gardèrent un long silence ; toutes leurs espérances s'évanouissaient ; leur plan n'était plus possible.

Et ces espérances avaient été grandes ! un parti nombreux, énergique, dévoué à la France, se trouvait dans la ville de Québec même ; il avait des ramifications à Montréal et à Louisbourg, qui commande l'entrée du fleuve Saint-Laurent. Les populations indigènes, sauf les Iroquois, étaient toutes portées pour les Français et n'avaient pas oublié le guerrier Montcalm ; l'établissement de l'armurier sur le lac Supérieur assurait le concours des Mohawks, des Chippewais et d'autres petites peuplades ennemies des Iroquois. En les mettant en campagne, on neutralisait les efforts de ces derniers, alliés dangereux des Anglais ; ceux-ci, réduits à leurs forces militaires, ayant contre eux toute la population française du bas Canada, se trouveraient contraints de se renfermer dans leurs forts et dans leurs villes, où l'on aurait pu les forcer par la famine, si Louisbourg eût interdit l'entrée du Saint-Laurent aux secours maritimes que leur eût envoyés la Grande Bretagne.

Ce plan était large et eût pu réussir si une flottille française se fût montrée dans les eaux du Saint-Laurent, et les conjurés étaient toujours dans cette attente. Le noyau principal de la conspiration se trouvait à Québec : dès qu'elle était étouffée dans cette ville, il fallait renoncer à toute espérance, le faisceau se trouvait rompu et les débris rendus inertes. La consternation que les nouvelles apportées par Jonas répandit dans le fort est donc facile à comprendre.

Si tous leurs plans ne s'étaient pas trouvés déjoués, ils n'auraient pas été effrayés de l'approche des détachements ennemis; ils se croyaient en force pour les contraindre à la retraite, mais ce serait une victoire stérile, si les Anglais restaient toujours maîtres des villes situées sur le Saint-Laurent.

Le prêtre Arnoul essaya bien de relever les courages, ce n'étaient pas les courages de ces hommes de fer qui étaient abattus, ce n'était que la ruine d'espérances qu'ils avaient si longtemps caressées. Ils étaient Français, ils ne voulaient pas vivre sous le joug des Anglais.

D'Arville seul ne voyait pas son plan personnel détruit : il avait calculé qu'en s'établissant sur le lac Supérieur avec le père Arnoul, non-seulement il donnait un centre aux missions catholiques, mais encore il pouvait former un noyau qui, en peu d'années, deviendrait une nation puissante et capable de dicter des lois à toutes les petites peuplades errantes dans cette vaste étendue de pays.

Par l'armurier et ses fils, il aurait des armes, des alliés qui n'iraient plus les chercher dans les comptoirs anglais; par le concours du père Arnoul, il attachait au sol tous les Indiens convertis à la religion chrétienne; il établissait une ville sur le lac Supérieur et devenait la seule puissance qui pût s'opposer aux envahissements des Anglais.

Aux premières années de l'occupation du Canada par les Anglais, tous les éléments de succès pour le plan de d'Arville existaient. Durant son occupation, la France avait songé au salut des Peaux-Rouges; de nombreuses résidences de missions lui avaient attaché le cœur des indigènes; le défaut de concours de la France pouvait seul anéantir tous ces éléments de succès, et personne, au Canada, ne se croyait abandonné par elle.

Le péril était annoncé, il fallait se tenir prêt à le repousser. Tous les hommes renfermés dans le fort se trouvèrent prêts le lendemain matin; on attendait Chinkow et ses guerriers partis depuis quelque temps pour une grande chasse. Leur concours devenait indispensable pour éclairer la marche de l'ennemi que les Iroquois dirigeaient.

Le lac Supérieur mesure quatre cent trente-cinq milles de longueur, sa largeur moyenne est de cent soixante milles; ses bords profondément dentelés offrent une multitude d'anses où peuvent se retirer des canots et de plus grandes embarcations; à cette époque on pouvait les considérer comme déserts; d'Arville regardait donc cette vaste étendue d'eau comme son domaine, et d'après ses plans, il voulait en tirer parti. Il fallait donc non-seulement en écarter les Anglais, mais encore tellement les en dégoûter qu'il se passerait bien des années avant qu'ils tentassent de s'en emparer ; et d'Arville comptait bien mettre ces années à profit, et se trouver en état de repousser toute agression. Le père Arnoul entrait dans ses projets, les rectifiait et les éclairait. Tel était l'état des choses, le 29 du mois de novembre, quand Chinkow revint au fort avec ses guerriers.

Deux chefs indiens l'accompagnaient. Ils venaient au fort demander des fusils, des-couteaux, de la poudre et des balles. Ils se plaignaient des marchandises que les agents anglais leur donnaient en échange de leurs pelleteries. Les fusils ne faisaient pas un long usage, la poudre était de mauvaise qualité, et les couvertures trop légères pour ces froides contrées. Quoique les Peaux-Rouges aiment l'eau-de-vie avec passion, cependant les deux chefs s'en plaignaient : ils disaient, avec raison, que depuis que l'usage s'en était répandu dans leurs territoires, des maladies, qui jusqu'alors y étaient inconnues, ravageaient leur population, ôtaient la force du corps à leurs guerriers, et donnaient naissance à des rixes qui dégénéraient en haines de familles et souvent en guerre avec les peuplades voisines. Ils ne demandaient pas mieux que de faire une fédération, qui aurait son centre sur le lac Supérieur, où les habiles armuriers des peaux blanches leur fabriqueraient de bonnes armes, de bonne poudre et de bonnes couvertures. Le père Arnoul, qui connaissait les langues principales de ces contrées, s'entretint avec les deux chefs, fit luire à leurs yeux l'espérance d'un établissement qui concentrerait toutes les forces des Indiens, les habituerait à se livrer aux arts qui seuls pouvaient les soustraire aux tromperies des agents des comptoirs, en en mettant un petit nombre d'entre eux en état de les exercer. C'était attaquer ces Indiens par leur partie faible. Ils souffrent souvent des famines affreuses faute de bonnes armes et de munitions, et leur offrir en perspective rapprochée l'assurance qu'ils pourront améliorer leur sort, sans renoncer à leurs habitudes naturelles, était le plus puissant moyen de se les attacher.

On leur délivra toutes les armes inutiles aux gens du fort, des munitions, dont on se trouvait alors abondamment pourvu, et une grande quantité de couvertures. Leurs guerriers, campés à quelque distance du rocher, vinrent y apporter les pelleteries en échange de ce qu'ils recevaient, et les chefs se retirèrent on ne peut plus satisfaits de ces premières relations avec les gens du fort, promettant de revenir dès qu'ils auraient transporté leurs marchandises dans leurs wigwams.

Ils fumèrent le calumet avec Chinkow, et l'alliance fut scellée par cette importante cérémonie indienne.

Plusieurs jours s'écoulèrent sans que les guerriers de Chinkow, qui s'étaient avancés dans les territoires du sud, découvrissent l'approche de l'ennemi. Ces jours furent employés par les habitants à augmenter leurs fortifications et à la construction de plusieurs grands canots. Jonas et une partie de ses compagnons se livrèrent à la chasse du buffle, dont ils fumaient les quartiers sur place et les rapportaient pour les approvisionnements d'hiver. Leur intention était de le passer dans le fort, d'entretenir avec les Peaux-Rouges leurs bonnes relations et d'atteudre les événements.

Jusqu'ici le plan de d'Arville semblait le seul praticable; les partisans canadiens le comprenaient et s'y étaient ralliés.

Depuis trois jours Chinkow et ses guerriers étaient partis, ils avaient longé la rive nord du lac, en quatre canots, fait de fréquentes descentes et courses dans les forêts, sans découvrir le moindre indice de la présence de l'ennemi; cependant ils s'étaient avancés jusqu'à l'endroit où la rive commence à se courber vers l'est, et offre un passage aux eaux du lac qui descendent rapides vers les lacs inférieurs. Ils commencèrent à penser que les approches de l'hiver détournaient les Anglais de toute agression, et revinrent, vers la fin du troisième jour, avec ces nouvelles, qui furent bien accueillies des habitants du fort. Le temps leur était nécessaire pour la réussite de leurs projets. Le printemps les trouverait plus en état de résister aux attaques ennemies, quelles qu'elles fussent.

Quand l'Indien n'est ni en chasse ni sur le sentier de la guerre, il se livre à un repos entier et fume, les femmes sont chargées de tous les travaux. Le guerrier indien se croirait déshonoré s'il se livrait aux moindres soins domestiques. La matinée était belle, une forte gelée blanchissait encore les cimes déjà dépouillées des forêts.

Enveloppé dans sa couverture, Chinkow parcourait du regard scrutateur de l'Indien la surface du lac, peut-être observait-il les nuées d'oies, de canards et d'autres oiseaux aquatiques qui volaient au-dessus du lac, en faisant entendre des cris aigus. Tout-à-coup il tressaillit un seul instant, puis recommença son inspection : il y avait dans son regard plus d'animation, et ses narines semblaient se dilater.

Il garda quelque temps l'immobilité d'une statue, puis, relevant le pan de sa couverture, il descendit un petit sentier qui conduisait à la forge, où l'armurier et ses fils travaillaient activement à des ouvrages nécessaires aux fortifications.

L'arrivée du chef indien ne surprit point les travailleurs ; il venait souvent s'asseoir sur un tronc d'arbre, et les regardait en silence. Cette fois, il alla droit à Montaubert, et lui dit :

— Fais cesser le bruit de tes marteaux, viens.

Chinkow le précéda le long du petit sentier, et se tournant vers l'armurier qui se trouvait à côté de lui, il étendit la main vers l'est.

— Mon frère ne voit-il rien ?

— Assez d'oies et de canards pour nous nourrir tous une semaine, répondit Montaubert étonné de la conduite de l'Indien.

— Et ces oiseaux qui viennent du sud, les voit-il souvent sur la grande eau ? demanda Chinkow.

— Tu sais, mon ami Chinkow, que je connais mieux les travaux de ma forge que les habitudes des oiseaux. Que vois-tu ?

— Ils ont été chassés des petits lacs où ils trouvent leur pâture, et les Peaux-Rouges ne les en chassent point quand il y a des daims et des buffles dans les forêts. La poudre et le plomb se ménagent.

— Veux-tu dire, mon frère, qu'il y a des peaux blanches en campagne ?

— Oui, et en grand nombre. Mon frère m'a compris.

— Que conseilles-tu, ami Chinkow?

— Ecoute le conseil qui vient de l'est; entends-tu le bruit des bisons qui fuient?

L'armurier prêta l'oreille : il crut entendre un bruit sourd, incertain, que chaque bouffée de vent apportait.

— J'entends quelques rumeurs, répondit-il. Crois-tu, ami Chinkow, qu'elles sont produites par les bisons?

— Ils fuient devant les peaux blanches, et ce soir nous verrons l'ennemi.

— Il faut prévenir d'Arville, ami Chinkow.

— Il a la sagacité de l'Indien, répondit Chinkow; écoute...

La petite cloche fit entendre le tintement signal du ralliement, et bientôt la population entière se trouva réunie.

D'Arville et Chinkow se rencontrèrent et causèrent un instant, ensuite Chinkow s'avança avec dignité, et dit :

— Prenez vos carabines, l'ennemi vient.

Il sortit du fort, suivi de vingt de ses guerriers, traversa rapidement la plaine et disparut dans les forêts.

Au son de la cloche les gardeurs des troupeaux les réunirent, et, aidés de leurs chiens, les poussèrent vers l'étroit passage qui conduisait aux étables, où on les enferma. Pendant ce temps-là Jonas faisait l'inspection des armes des partisans canadiens, et leur indiquait les points qu'ils devaient occuper en cas d'attaque.

Tout travail bruyant se trouvait suspendu dans la forge, les armuriers visitaient leurs canardières, et préparaient leurs munitions. La sagacité de Chinkow était connue, tout le monde attendait l'ennemi.

Les serviteurs trop jeunes pour prendre les armes ou d'un sexe qui ne doit pas les prendre, continuaient les travaux auxquels ils étaient employés, et aucun désordre ne se remarquait dans le fort. Le repas du matin fut apporté, on le prit en silence, mais aucun visage n'annonçait la crainte ou l'appréhension.

Faut-il ajouter foi aux récits qui nous sont faits relativement à l'instinct des animaux, ou des circonstances accidentelles y ont-elles donné crédit? c'est ce que nous ne voulons ni affirmer ni nier. Toujours est-il que les chiens commencèrent à témoigner de l'agitation, puis à se remuer d'une manière insolite, puis enfin à pousser de sourds grondements.

La journée qui s'était annoncée si belle, s'assombrit; des masses de nuages coururent de l'est à l'ouest, poussés par un vent violent qui, en s'engouffrant dans les forêts, en faisait sortir d'étranges murmures. Le lac soulevait les lames, longues et lentes d'abord, puis pressées et précipitées, et se ruant les unes sur les autres; on les entendit clapoter à la base du rocher, puis s'y briser frémissantes et blanches d'écume.

— Voilà des auxiliaires, dit d'Arville à Jonas et à l'armurier, mais souvent des auxiliaires perfides; ils couvrent le bruit de l'approche des ennemis.

— Chinkow peut être trahi par ces auxiliaires? dit l'armurier.

— Non, non; Chinkow est sous leur vent, il les entendra et ils ne l'entendront point. D'ailleurs, ajouta-t-il avec fierté, s'il nous arrivent, fussent-ils mille, nous les repousserons; l'habitation est un fort, ils ne le savent pas!

L'orage éclata bientôt avec violence, une pluie torrentielle tomba aux sifflements des vents, aux hurlements des flots et aux grondements des forêts.

— Peau rouge ou peau blanche ne pourrait pas résister à cette abominable tourmente, dit Jonas. Je n'en ai supporté que deux pareilles depuis que je suis en campagne, et je n'en ai pas perdu le souvenir. Si les ennemis sont dehors, nous en aurons bon marché demain.

Il s'adressait à l'armurier, qui s'était réfugié dans le fort avec les autres habitants.

— Je souffre de savoir Chinkow dehors, dit Montaubert, il sera écrasé avec ses guerriers. Les bêtes fauves ne trouvent pas toujours un abri contre de pareilles tourmentes.

— Ami Montaubert, dit d'Arville, Chinkow est un chef, il est prévoyant et prudent. Les chiens aboyèrent au même instant; et on crut entendre, perçant les rugissements des vents, les sons prolongés d'une corne à bouquin.

D'Arville jeta un manteau de peau sur ses épaules, en rabattit le capuchon, et s'élança au-dehors. Lorsqu'il descendait le petit chemin encaissé dans le rocher, il entendit très distinctement les sons d'appel. Avant d'enlever la barre de la dernière porte, il siffla entre ses doigts, un *heugh!* vigoureux lui répondit : Chinkow rentrait. Ses guerriers le suivirent, il n'y eut pas un mot d'échangé. D'Arville, après avoir fermé et consolidé la porte, revint en hâte à la salle commune; tout le monde s'était écarté du brasier, devant lequel les couvertures des Indiens commençaient à fumer sur leurs corps. Il n'adressa pas la parole au chef peau-rouge ; quand sa carabine eut été accrochée à la muraille, il revint auprès de Jonas : on eût dit qu'il n'attachait aucun intérêt à ce que Chinkow avait à lui apprendre. Ce fut ce dernier qui rompit le silence ; son regard rapide avait embrassé tous ses guerriers, il dit :

— Heugh ! le Buffle !

Le guerrier désigné sous ce nom ne se trouvait pas avec les autres.

— Envoyez à la porte, dit l'armurier, il se sera trouvé en arrière.

— Non, dit Chinkow ; le jour vient après la nuit et le calme suit la tempête. Il reviendra demain, les ennemis ne peuvent rien faire ; l'ouragan les a abattus comme les joncs du rivage.

Quand les premières lueurs du jour tombèrent du ciel, le lac, encore agité, soulevait, poussait ses lames brisées, mais l'ouragan était tombé depuis plusieurs heures, et le ciel était calme. L'aspect déjà désolé des forêts offrait des cimes brisées, des vides ou des troncs renversés. La plaine était inondée et presque aussi fumante que le lac, mais l'ouragan avait balayé le ciel, qui brillait d'une limpidité d'un bleu si tendre que l'œil en était charmé. La toiture de la chapelle avait été enlevée, les autres plus ou moins endommagées. Chinkow ne fit pas attention à ces dévastations, il appela les chefs au conseil, c'est-à-dire d'Arville, l'armurier, ses fils et Jonas.

— Hier les ennemis peaux blanches et Peaux-Rouges

étaient trois fois, cinq fois plus nombreux que nous. Allons, ils seront comme des squaws quand le wigwam est inondé ou emporté par l'ouragan. Que mon frère et ses fils aux longues carabines restent dans le fort avec le chef d'Arville, pour le défendre et protéger les femmes et les enfants. Le bonnet de loutre (il désignait Jonas) viendra avec ses guerriers. Vous entendrez le bruit de la poudre, car les ennemis sont à la distance d'un mille. Que pensent mes frères?

Chacun parla à son tour, exposant sans animation, sans amour-propre, son opinion. Robert demanda à faire partie de l'expédition, en représentant qu'il restait assez d'hommes armés pour garder le fort, qui ne pouvait être l'objet d'une attaque de la part d'ennemis abattus.

Chinkow s'y opposa, au grand étonnement du jeune homme qu'il affectionnait.

Le Peau-Rouge n'agit jamais sans avoir un but, et sans chercher à écarter tout ce qui peut en contrarier la réussite : le but de Chinkow, qui était resté Peau-Rouge, malgré son frottement avec les blancs et sa parenté avec d'Arville; son but était d'enlever le plus de chevelures qu'il pourrait, et de laisser ses guerriers emporter aussi ces sanglants trophées.

Et l'armurier et ses fils avaient toujours témoigné leur dégoût pour cette sauvage coutume; mais Jonas, quoique ne la pratiquant pas, la trouvait naturelle chez les Indiens. C'est dans leur nature, disait-il froidement.

On put voir du fort les guerriers indiens défiler légèrement sur une seule ligne, Jonas suivait la même trace, mais sa marche était plus lourde, plus ferme ; les Peaux-

Rouges semblaient composer la cavalerie légère et les partisans la grosse cavalerie. Avant de rentrer dans les forêts, les deux chefs se concertèrent un instant.

— Tu as raison, Peau-Rouge, dit le rude Jonas, pas de prisonniers.

Et ils se divisèrent.

— Camarades, dit Jonas, l'air est humide, renouvelez vos amorces, débouclez le couvercle des gibernes; touchez le bout des cartouches, que la balle soit en haut. Voilà qui est bien, ajouta-t-il quand ses hommes eurent exécuté ces ordres. Faites maintenant jouer le sabre dans le fourreau, et serrez vos ceintures.

Nos habits ne craignent pas l'humidité, vous ne négligerez donc pas de vous coucher sur la terre humide. Il faut que l'Anglais apprenne aujourd'hui que la France compte encore quelques bonnes carabines dans les forêts. Silence et en avant! Il enfonça jusqu'au-dessus de ses yeux son bonnet de loutre, se courba et se glissa dans la forêt.

Le sol se trouvait profondément accidenté et en pente vers le lac, il était jonché de branches brisées, de vieux troncs jetés en travers des arbres environnants, et fortement détrempé. Un Indien apparut tout-à-coup devant eux, leur fit un signe silencieux, et ils le suivirent en changeant de direction; bientôt ils atteignirent un point élevé où un grand nombre d'arbres couchés en désordre les mettait à l'abri. L'Indien étendit la main, et dit :

— Peaux-Rouges là-bas, peaux blanches là.

Il s'éloigna.

Mais presque aussitôt, ils entendirent un petit bruit sous une masse de rameaux du milieu de laquelle sortit la tête d'un Peau-Rouge, du Buffle; il vint à eux en rampant. Ce fut aussi de cette manière qu'ils atteignirent un lieu plus élevé, d'où le regard plongeait sur la pente de la vallée. Une troupe nombreuse d'Anglais s'y agitait en désordre; leurs coiffures pendaient sur leurs épaules, leurs uniformes sales se collaient sur leurs corps; ils tâchaient de rétablir le désordre dans lequel l'ouragan les avait jetés. Le dur Jonas éprouva un instant de compassion.

— Pauvres malheureux, se dit-il; ils sont hors d'état de se battre.

Une vive fusillade éclata vers le point où devaient se trouver leurs alliés, et fut suivie de hurlements affreux. Les Anglais saisirent leurs armes, se pressèrent de reprendre leurs rangs et augmentèrent leur désordre par leur précipitation. Tout sentiment de pitié s'effaça dans le cœur de Jonas.

— Feu! dit-il.

Et une épouvantable explosion envoya une grêle de balles dans cette masse d'hommes; pas une ne fut perdue, et les corps chancelaient, les mains s'étendaient pour s'approcher sur un voisin qui tombait à ses pieds. Il y eut une véritable trouée dans cette masse d'hommes, comme si les boulets y avaient passé.

A l'instant même les Iroquois, surpris et chassés par les guerriers de Chinkow, se repliaient vers les Anglais épouvantés; ils voulaient décharger leurs armes, la poudre était mouillée. Les chefs survivants tentèrent de les rallier pour faire usage de la baïonnette.

Les partisans canadiens firent une seconde décharge,

qui les remplit d'une telle épouvante qu'ils jetèrent en partie leurs armes, et se débandèrent au hasard. Un sous-officier rallia quelques soldats, se jeta avec eux derrière des troncs d'arbres, au même moment la balle de la carabine du Buffle l'étendit roide mort sur un tronc abattu. Une dizaine de fuyards se portèrent vers le lieu même où se trouvaient les partisans canadiens, et furent impitoyablement massacrés. Les éclats de la fusillade, l'odeur de la poudre, les hurlements des sauvages, changeaient ces hommes en bêtes féroces ; ils se ruaient au carnage avec la fureur du tigre.

Les Iroquois, habitués aux guerres des forêts, disparurent comme des ombres. Les malheureux Anglais, embarrassés de leurs vêtements mouillés, fous d'épouvante, couraient sans savoir où ils allaient, poussant des cris lamentables, et entendaient les balles siffler à leurs oreilles. Plusieurs se jetèrent à genoux, tendirent des mains suppliantes, les guerriers de Chinkow tombèrent sur eux le tomahawk à la main, bondissant sur les morts, sur les blessés, et tuant tous ceux qui donnaient encore signe de vie.

Jonas ne put retenir ses gens ; ivres d'exaltation, ils coururent à la chasse des fuyards, et de temps en temps un coup de carabine annonçait un nouveau massacre. Cette abominable scène se prolongea durant plusieurs heures ; la fatigue y mit seule un terme, peu d'Anglais purent s'échapper. Une autre scène plus hideuse se passait sur le champ de carnage : les Mohawks y enlevaient les chevelures et les attachaient sanglantes autour de leurs reins.

Peu après ils se dispersèrent par pelotons, acharnés,

non après les quelques Anglais qui se cachaient blessés et incapables de fuir, mais à la poursuite des Iroquois. Toute leur haine, toutes leurs vengeances étaient pour ces implacables ennemis de leur nation.

Jonas et ses gens descendirent dans le campement anglais, et reculèrent épouvantés à la vue de ces têtes écorchées ruisselantes de sang.

— Quels alliés! dit Jonas.

— Les Iroquois nous auraient ainsi arrangés, s'ils avaient été vainqueurs, fit un des partisans, d'autant mieux que les Anglais leur payent les chevelures. Chacune des nôtres leur eût valu le prix de deux chevelures de Peaux-Rouges.

Cette réflexion, d'une vérité incontestable, donna un autre cours à leurs idées, ils se mirent à enlever les armes laissées par les Indiens. On trouva sur un officier un plan de campagne qui prouva que les Anglais avaient été parfaitement renseignés sur la position du fort, et le nombre des hommes qui pouvaient le défendre. D'où leur étaient venus ces renseignements? Ambroise Geslin avait pu seul les donner, ou l'un de ses compagnons.

Quand ils furent de retour au fort, et qu'ils eurent raconté la destruction complète de l'expédition anglaise, tout le monde s'en réjouit. Le père Arnoul seul ne craignit pas d'en témoigner de la douleur.

— Mes enfants, dit-il, vous êtes chrétiens; vous ne voudrez pas que les corps de tant de créatures de Dieu soient laissés en pâture aux bêtes carnassières et aux oiseaux de proie. Il leur faut une sépulture.

Cette exclamation surprit les partisans, et Jonas surtout.

— Une sépulture à des chiens d'hérétiques? s'écria-t-il. En ont-ils donné une aux patriotes canadiens quand ils les laissaient morts ou mourants, écrasés par le nombre? Non, ils les ont laissés pourrir dans les forêts, quand les bêtes féroces ou les oiseaux de proie n'avaient pas dévoré jusqu'à leurs os.

Cependant la proposition charitable du père Arnoul fut accueillie par d'Arville et la famille de l'armurier, et les Anglais eurent une tombe commune sur le lieu du massacre.

CHAPITRE VI.

Québec. — Espérances des Anglais. — Panique. — Préparatifs secrets d'expédition. — Occupations des gens du fort. — Barque sur le lac. — D'Arville va en reconnaissance. — Préoccupation de Montaubert. — D'Arville en embuscade. — Mort d'un Iroquois. — Retour au fort. — Départ des femmes et des enfants. — Jonas de retour. — Arrivée des Anglais. — Attaque repoussée. — L'Anglais a recours à l'incendie. — Préparatifs des assiégés et de l'armurier. — Evacuation du fort. — Les barques anglaises prises. — Mort de Jonas. — Explosion du fort. — Arrivée à la mission. — Séparation.

Transportons-nous à Québec : l'expédition qui venait d'être anéantie était sortie de cette ville en deux corps, et sans qu'on soupçonnât le but d'un pareil déploiement de forces au commencement de l'hiver, si rigoureux dans ces contrées. Un corps était parti de l'île d'Orléans, avait descendu le cours du fleuve et pris terre à cinq milles plus bas. Ce corps, avait-on dit, s'en allait renforcer la garnison de Louisbourg : l'autre, remontant le fleuve, comme s'il eût été destiné à Montréal ou à toute autre garnison anglaise, descendit aussi à terre le plus secrètement possible. Ces deux détachements, dirigés par les Iroquois, devaient faire leur jonction à la pointe orientale du lac Supérieur, puis en remontant vers le nord, arriver à l'improviste au pied du rocher où le fort d'Arville était placé.

En prenant ces précautions, le gouverneur espérait balayer le pays, si le petit nombre de partisans se trouvait en campagne, et les exterminer tous d'un seul coup s'ils s'étaient retirés dans le petit fort d'Arville. Il comptait si bien sur la réussite de ce plan qu'il attendit plus d'un mois sans impatience, quoique ses batteurs d'estrade et ses agents des comptoirs ne lui en donnassent aucune nouvelle. Enfin, un jour le bruit se répandit dans Québec que deux détachements anglais avaient été anéantis sur les bords du lac Supérieur, et, comme les bruits qui arrivent on ne sait d'où sont toujours amplifiés, on ajoutait qu'une troupe nombreuse de partisans s'avançait vers la ville, et serait appuyée par des troupes de débarquement envoyées par la France. L'alarme fut dans la garnison, et toutes les mesures militaires redoublèrent de rigueur.

La basse ville était agitée : les Anglais savaient le peu d'affection qu'elle leur portait; aussi les postes y furent renforcés et les habitants d'autant plus irrités qu'ils ne pouvaient plus avoir de communications entre eux. Il est bien certain que si Jonas et sa poignée d'hommes s'étaient présentés dans les environs, toute la population française se serait soulevée.

Ce fut bien pis le lendemain : on avait vu une barque couverte aborder; ceux qui en étaient sortis avaient été conduits sur-le-champ chez le gouverneur, en prenant toutes les précautions pour que rien ne transpirât.

Cette barque portait deux soldats échappés miraculeusement au massacre du lac Supérieur. Ils firent un récit exact de ce qui s'était passé, mais ne purent préciser le nombre des ennemis. En guerre, l'incertitude rend tout moyen aveugle. Le gouverneur, effrayé, manda des renforts à Louisbourg. Par bonheur pour lui, l'amiral, nous croyons que c'était encore Bosurven, se trouvait à l'entrée du Saint-Laurent; il débarqua six cents hommes et un matériel considérable; ces renforts furent laissés dans Louisbourg, d'où mille hommes furent expédiés à Québec.

Le gouverneur anglais voulait une revanche, mais une revanche complète; l'hiver était arrivé avec ses rigueurs, la terre se trouvait couverte de plusieurs pieds de neige, les lacs glacés, et toute entreprise reconnue impossible. On croyait le nombre des partisans supérieur à ce qu'il était, l'expédition fut remise au printemps suivant.

Des agents furent envoyés chez les Iroquois; ils distribuèrent des armes, des munitions et des couvertures : les comptoirs reçurent des garnisons, enfin on prit les précautions les plus minutieuses pour que l'expédition projetée n'eût pas le désastre pour résultat.

Pendant ce temps-là les hommes du fort ne s'endormaient pas; profitant des neiges, qui rendent les trajets faciles en traîneau, ils établirent des relations plus intimes avec les peuplades indiennes, et préparèrent une confédération générale de toutes ces nations éparses.

Deux des partisans de Jonas osèrent descendre jusqu'aux comptoirs anglais et s'y présenter comme des chasseurs de fourrures. Ils n'y apprirent rien; le gouverneur anglais avait si bien dissimulé ses projets, qu'on regardait les garnisons mises dans les comptoirs comme préservatifs, sans qu'on songeât à une agression.

Leurs rapports induisirent en erreur les habitants du fort ; ils se crurent à l'abri de toute agression par la victoire qu'ils avaient si facilement remportée.

Cependant les Iroquois, pleins de vengeance, travaillaient pour les Anglais. Plusieurs de leurs chasseurs s'aventurèrent en canots sur le lac, descendirent à terre et purent remarquer la sécurité dans laquelle vivaient les hommes du fort. Durant une absence de Chinkow et des partisans, occupés à nouer des alliances vers les territoires intérieurs, ils purent prendre connaissance des lieux et faire un rapport circonstancié de tout ce qu'ils avaient vu et observé.

L'attaque du fort par eau et par terre fut résolue, et les Anglais préparèrent tout, dans le plus profond secret, pour qu'elle fût cette fois couronnée du succès. Ils firent construire dix grandes barques pontées, dont les membrures furent transportées à la partie orientale du lac par des canots légers. Ce travail se fit durant l'hiver : aux premiers jours du printemps il était terminé. Par une de ces fatalités si fréquentes dans les affaires humaines, les démarches des gens du fort se portaient vers le nord; l'orient et le sud, occupés par des nations ennemies, n'étaient point fréquentés par eux. Le travail des Anglais put donc s'exécuter sans que les habitants du fort s'en aperçussent, sans même qu'ils en eussent le moindre soupçon.

Les Anglais purent transporter quelques petits canons, si redoutés des Indiens, faire tous leurs préparatifs dans une complète sécurité. L'expédition ne comptait pas moins de six cents hommes, quatre pièces de canon et un matériel considérable. Ils voulaient en finir avec les partisans français.

Pendant que l'orage se préparait à l'extrémité orientale du lac, tout semblait sourire dans l'intérieur des terres, du côté du nord. Le père Arnoul avait réuni un petit troupeau de néophytes et jeté les fondements d'une mission, à dix milles vers l'ouest, dans une jolie vallée où déjà la maison de la mission était en pleine construction; les Indiens s'y rendaient les uns par affection pour le Père à la robe noire, les autres par curiosité, et tous se retiraient enchantés et pleins de bonne volonté pour le nouvel établissement. La parole de Dieu devait, dans un avenir prochain, produire de bons fruits parmi ces pauvres peuplades si ignorantes.

D'un autre côté, la réputation de l'armurier amenait au fort des Peaux-Rouges qui échangeaient des pelleteries contre des armes, bien supérieures à celles qui leur venaient des comptoirs américains ou anglais du Canada.

Jonas, par sa bravoure, durant une chasse d'hiver, par sa nature si voisine de celle des hommes farouches au milieu desquels il avait passé la rude saison, Jonas s'était fait une grande réputation; on lui attribuait la réconciliation de plusieurs peuplades ennemies qui avaient enterré la hache, prêtes à la déterrer à l'appel du bonnet de loutre. Chinkow assistait aux feux des anciens, dans les wigwams, fumait le calumet avec les chefs et préparait avec une rare sagacité, une véritable fédération contre les Iroquois et les Anglais leurs alliés. Ce fut son absence qui contribua aux malheurs qui s'abattirent sur les habitants du fort; ni lui ni aucun de ses guerriers n'ayant étendu leurs chasses vers l'est, les Anglais purent continuer leurs préparatifs de guerre et tomber à l'improviste sur les défenseurs laissés au fort. Le désastre des ennemis, l'automne précédent, faisait supposer à d'Arville et à l'armurier qu'ils n'oseraient pas de longtemps entreprendre une nouvelle attaque; ce fut un malheur. Parmi les dépouilles des morts anglais, on avait trouvé une longue-vue, dont d'Arville, à demi Peau-Rouge, aimait à faire usage pour promener ses regards sur la vaste étendue du lac. Un soir il dirigea sa lunette vers l'est. Les rayons obliques du soleil couchant glissaient sur les ondulations des eaux, et se reflétaient comme de longues lames de feu. Au point où les eaux semblaient se réunir au ciel, il découvrit un petit point sombre.

— Quelques amas de troncs, se dit-il; les courants les auront charriés dans le lac, où ils flottent au hasard.

Mais il est dans la nature de l'Indien d'examiner attentivement, de vouloir connaître ce qui lui paraît incertain. Il examina longtemps et se convainquit que ces points noirs étaient autre chose que des troncs d'arbres, et qu'ils flottaient l'un vers l'est et l'autre vers un autre point. L'armurier fut appelé avec ses fils, et, après examen, affirmèrent que c'étaient des barques de grande dimension, puisqu'elles paraissaient supérieures aux plus grands canots, quoiqu'à une telle distance. Il n'y avait point encore à cette époque d'établissements sur les bords du lac, ils devinèrent l'approche des Anglais.

Prendre toutes leurs mesures pour augmenter les moyens de défense; envoyer des messagers prévenir Jonas et Chinkow, furent le parti pris sur-le-champ et aussitôt employé. Il ne restait que deux chiens; les autres avaient été amenés par Jonas et Chinkow; ce dernier s'était affectionné pour un grand terrien et l'avait initié si complètement à la vie des forêts, que cet animal lui rendait les plus grands services.

— Amis, dit d'Arville aux armuriers, si les Anglais viennent sur la grande eau, c'est qu'ils ont aussi des guerriers dans les bois. Demain j'irai en reconnaissance vers l'est : restez à la garde du fort, deux serviteurs me suffiront et je serai de retour vers la fin du second jour.

Cette détermination parut bonne, et le matin suivant d'Arville se mit en campagne avec deux jeunes Indiens intelligents.

Montaubert alla s'établir au point culminant du rocher, et, à l'instant où les premiers rayons du jour éclairaient les eaux du lac, il distingua parfaitement plusieurs barques qui faisaient ombre; elles se dirigeaient vers le nord du lac.

— Si les ennemis, car il ne pouvait douter que ce ne fussent les Anglais, arrivent devant nos fortifications avant le retour de Jonas et de Chinkow, il nous sera difficile de les défendre, nous sommes si peu nombreux. Mais nous ferons notre devoir, il n'y a que le sort de ces pauvres femmes et de ces enfants qui me désole.

Il avait le cœur bien triste, l'armurier Montaubert!

Ses fils, à qui il fit part de ses anxiétés, le rassurèrent.

— Il faut donner des armes à nos jeunes Indiens, dirent-ils; l'Indien est né guerrier, ils se comporteront bien. La situation est forte, et nos canardières portent loin leurs grosses balles.

Tandis qu'ils visitaient le fort et ses ouvrages de défense, d'Arville avançait à travers les forêts, qui revêtaient déjà leur jeune feuillage. Comme deux limiers, ses jeunes compagnons se glissaient de buissons en buissons, écoutant les moindres rumeurs de la forêt, aspirant l'air dans lequel ils se trouvaient. D'Arville formait le centre de la marche, attentif comme eux et l'oreille tendue aux moindres bruits. Il tenait un chien en laisse. Déjà il s'avançait depuis plusieurs heures, les forêts ne rendaient que les murmures auxquels son oreille était habituée, quand son chien leva la tête, aspira l'air avec force; ses oreilles se dressèrent, il se tourna vers son maître comme pour interroger son visage.

— Paix, Talpa, dit doucement d'Arville, paix. Mon bon chien, sens-tu l'ennemi?

Comme si l'animal l'eût compris, il agita la queue, se coucha sur les feuilles comme prêt à s'élancer. D'Arville s'agenouilla auprès d'un arbre, et devint tout yeux et tout oreilles.

Sa main était posée sur la tête du chien; un bruit presque imperceptible, comme celui que rend une branche qui se redresse, se fit entendre à une faible distance. Le chien frissonnait sous la main qui le retenait; au même instant un autre bruit de feuilles sèches foulées sortit de l'épaisseur du couvert, mais plus éloigné. Un Indien peint en guerre fit le tour d'un arbre, d'Arville ne voyait que son dos. Evidemment le dernier bruit attirait l'attention de l'Indien; il se courba, et reparut derrière un arbre plus rapproché de d'Arville, et allongea le canon de sa carabine.

Il s'abaissa, se courba encore et gagna l'abri d'un autre arbre, il se trouvait à dix pas de d'Arville. Celui-ci cessa de contenir la tête de son chien ; l'animal intelligent comprit, s'élança et saisit l'Indien à la gorge à l'instant où il se retournait au bruit : d'Arville arriva le couteau à la main. L'Indien se débattait renversé, mais ne faisait entendre aucun bruit, aucune plainte. La compassion ne s'est pas réfugiée sous les couverts dangereux des forêts : d'un coup de couteau, d'Arville ouvrit la gorge de l'Indien, qui tomba une seconde fois et mourut sans exhaler une plainte.

Aussitôt un autre bruit partit à dix pas d'eux; le chien hérissa son poil, dressa l'oreille, puis devint calme subitement.

Un des deux compagnons du chef approchait, son œil ardent se porta sur le corps encore frémissant.

— Je le suivais, dit-il; les Iroquois sont répandus là-bas.

— Appelle ton camarade, dit d'Arville.

Aussitôt un cri de corbeau (il y en avait une bande sur les arbres, signe de la marche des Indiens), un croassement de corbeau se fit entendre ; il était si parfaitement imité que les corbeaux y répondirent. Le second Indien arriva, et fit le même rapport que le premier.

— Partons, dit d'Arville.

Un des Indiens le regarda, et reporta les yeux sur le cadavre.

— Non, dit d'Arville ; laisse-lui sa chevelure, prends sa carabine et son couteau.

Ils se retirèrent avec les mêmes précautions qu'ils avaient prises pour avancer, et vers la fin du jour ils arrivaient au pied du rocher. La porte se trouva ouverte, les gens du fort les avaient découverts dans la plaine.

— Nous serons peut-être attaqués cette nuit, dit l'armurier.

— Non, fit d'Arville, le mort de la forêt leur aura dit que leur marche est découverte ; les Iroquois sont en avant, ils n'oseront pas tenter un assaut quand ils se savent attendus ; les Anglais sont en route, mais ils ne peuvent marcher la nuit, les Iroquois les attendront.

On plaça des sentinelles, et ces hommes, à la veille d'un danger imminent, se livrèrent au sommeil comme s'ils n'eussent eu rien à redouter.

La nuit se passa sans accident, sans bruit ; aucuns feux ne brillèrent sous les couverts des bois, et pas un nuage de fumée ne s'éleva dans la limpidité du ciel, pour révéler un campement voisin.

Si la fatigue rend le sommeil profond, le danger en diminue la durée. Avant le lever du soleil, d'Arville et l'armurier étaient debout sur le rocher, sondant l'épais manteau de brouillards qui couvrait le lac. Cet indice d'une belle journée leur fit plaisir ; l'ennemi ne peut pas dérober son approche aussi facilement à la lueur du soleil que sous les dernières ténèbres du brouillard. Un point rouge, sombre, de la couleur des nuages épais, reflétant les rayons du soleil couchant, s'avançait lentement vers le nord.

— Les barques sont en mouvement, Montaubert, nous voyons le fanal ou le feu de celle qui marche en tête; elles viendront aborder derrière ce promontoire qui s'avance dans le lac à un mille d'ici. Ils sont bien renseignés, l'anse est large et profonde. Ah! si Chinkow et ses guerriers étaient ici!

— J'y voudrais Jonas et ses partisans, fit l'armurier.

— Nous pouvons encore compter sur un jour de repos, les Anglais sont peu expéditifs dans les guerres des forêts; il leur faut un lourd bagage et des provisions de bouche, aussi Montcalm les surprenait-il toujours. Ah! brave Montcalm, la balle qui t'a donné la mort a tué en même temps la colonie française!

Les deux spectateurs gardèrent un instant le silence; l'armurier reprit :

— Les femmes et les enfants vont être un embarras pour nous, ami d'Arville; si nous succombons elles périront avec nous.

D'Arville ne dit rien. L'armurier reprenant la parole ajouta :

— Nous avons une grande barque et deux canots; la sortie est encore possible : envoyons-les le long de la côte; les embarcations seront hors vue quand le brouillard la dissipera; elles trouveront un asile à la mission, et préviendront en outre le Père du danger dont il est si voisin.

— J'y pensais, Montaubert, une retraite à travers les bois les exposerait à tomber entre les mains des rôdeurs iroquois. Allons.

Ils descendirent rapidement, firent les préparatifs du

départ, descendirent les objets les plus précieux dans la barque. Mais quand il s'agit d'y faire entrer les femmes, l'Indienne épouse de d'Arville se tourna vers lui et lui dit :

— Tu es mon maître et mon époux; si tu péris, Valma doit périr avec toi. Je reste; que les enfants partent, le Père veillera sur elles!

D'Arville parut ému, mais reprenant la dignité indienne, il dit :

— Non! la nonpareille n'abandonne pas ses petits.

Valma courba la tête et alla s'asseoir dans la barque au milieu de ses filles. La séparation de Montaubert et de Madeleine ne fut pas si calme; il y eut des larmes répandues. D'Arville mit fin à cette scène, en poussant la barque d'un coup de rame.

Les trois fils de l'armurier sautèrent dans un canot, et remorquèrent la barque hors de l'anse; ensuite, longeant la rive, ils la mirent dans une position où elle pouvait naviguer à l'abri des avancements des rochers dans le lac. Valma, ses filles et quatre jeunes sauvages prirent les rames, et les deux embarcations s'éloignèrent l'une de l'autre, le canot rentra dans l'anse du fort, et les fils de l'armurier purent s'y introduire sans avoir été découverts.

Durant le cours de la journée, aucun ennemi ne se montra; cependant les chiens paraissaient inquiets. Ils visitèrent encore leurs fortifications et leurs armes. L'atelier contenait grand nombre de fusils; tous ceux qui étaient en état de servir furent chargés et placés à la portée des défenseurs du fort.

Le soir un vent du nord, extrêmement froid dans ces

contrées, où il arrive du pôle et ne se refroidit que peu en passant sur des territoires couverts de lacs et de forêts, s'éleva assez violent.

— Il faudra du feu aux Anglais, dit Robert, et nous saurons où ils sont campés.

Sa prévision ne tarda pas à se réaliser, d'immenses nuages de fumée montèrent au-dessus du sombre rideau des arbres et s'allongèrent sur le lac.

— Nous pouvons encore dormir sans crainte cette nuit, ami d'Arville, dit l'armurier.

— Les Iroquois ne dormiront pas, répondit le chef; ces démons aiment les ténèbres. Cette fumée est trop abondante; elle me fait soupçonner un piége.

— Dès qu'il fera sombre, si mon père le permet, dit Louis Montaubert, le plus jeune des trois fils, j'irai faire une reconnaissance dans la plaine avec les deux chiens.

— Enfant, dit d'Arville, tu ne connais pas les Iroquois et leurs ruses diaboliques. Reste ici, l'heure de lutter contre le danger n'est pas éloignée.

Ils se trouvaient alors dix dans le fort, en comptant ce qu'il restait de serviteurs à d'Arville; mails ils espéraient que Jonas et Chinkow ne tarderaient pas à venir les renforcer.

La nuit était profonde, le vent glacial, on n'entendait que le bruissement des bois et le murmure monotone de la cascade, lorsqu'un son bien connu retentit au bas du rocher.

D'Arville descendit le petit chemin taillé dans le roc, et alla silencieusement à la première porte. Un bruit sourd de voix s'élevait du côté extérieur.

— Ils dorment bien profondément à côté de l'ennemi,

dit la grosse voix de Jonas. Philippe, tire encore un son de ta trompe.

— Silence, dit d'Arville en ôtant la traverse qui assurait les battants, et aussitôt Jonas et ses compagnons furent introduits.

Le messager envoyé par d'Arville avait rencontré la troupe de Jonas à une journée de marche : dès que leur chef fut informé du danger qui menaçait le fort, il s'était mis en route, après avoir chargé le même messager d'aller en prévenir Chinkow, qu'il supposait être alors sur le territoire des Chippewais.

— Les ennemis, ajouta-t-il, savent que je suis loin de vous ; laissons-les dans cette erreur ; demain ils apprendront que nos bonnes carabines peuvent encore frapper les ennemis de la France.

Dès qu'il connut l'état des choses, il proposa d'aller tendre une embuscade sur la route, mais d'Arville lui fit observer que les Iroquois étaient disséminés dans les bois, et que sa sortie serait éventée.

— Attendons l'ennemi, dit-il, connaissons ses forces et ne donnons aucun signe de vie. Ou ils s'avanceront contre nous, croyant le fort évacué, ne pouvant être défendu, ou ils soupçonneront un piége. Dans le premier cas, la manière dont ils seront reçus les dégoûtera peut-être d'attaquer sans précautions ; dans le second, ils tomberont dans l'incertitude, et à la guerre l'incertitude est dangereuse.

— Qu'il en soit ainsi, dit Jonas, veillez, nous allons nous reposer d'une marche fatigante. Dieu nous réserve le lendemain !

Le retour de Jonas et de ses intrépides partisans

ramena la confiance : les palissades étaient solides, les abords très âpres pour arriver au second retranchement, et trente hommes déterminés de plus, c'était assez pour rassurer dix hommes qui déjà avaient résolu de défendre le fort du rocher.

Il pouvait être huit heures du matin quand un roulement de tambours attira l'attention des défenseurs du fort, vers l'est de la plaine qui s'étendait autour du rocher; le vent du nord avait nettoyé le ciel des nuages, et le soleil éclairait en plein l'espace environnant. Une troupe en bel ordre, précédée d'un officier et de deux tambours, défila rapidement et vint s'arrêter à deux portées de fusil du rocher. Le défilé dura longtemps, et chaque compagnie prit position, en étendant les lignes et laissant un espace entre chaque position. Vers le milieu du jour toutes les dispositions se trouvèrent prises pour embrasser la demi-circonférence qui partait de l'est à l'ouest, et avait de ce dernier côté la rivière pour limite.

Un groupe composé de soldats et d'officiers s'avança jusqu'à portée de fusil; inspecta le rocher dans toute la partie tournée vers la plaine. Ils se servaient de lunettes. Celle de d'Arville les observait aussi à travers une meurtrière, mais pas un homme n'était en vue. Un officier se détacha du groupe et vint faire son inspection à une portée de fusil de la première palissade derrière laquelle se trouvaient Jonas et les partisans.

Le fort parut muet et abandonné; le groupe se rapprocha, un soldat s'avança jusqu'au pied de la palissade.

Même silence dans le fort; il s'aventure dans le petit chemin, la porte en forts madriers l'arrête; il essaye de l'ouvrir, elle résiste. Il alla rendre compte de son inspection aux officiers, ceux-ci vinrent en groupe, firent de vains efforts pour ébranler la porte, sans se douter que les canons de trente carabines étaient braqués sur eux.

Ils retournèrent au corps d'armée, ne sachant que penser de ce silence, et n'osant s'aventurer plus loin. Probablement que dans le conseil qu'ils tinrent, et qui dura longtemps, ils résolurent d'enfoncer la porte, de pénétrer dans l'intérieur, persuadés que ce premier obstacle enlevé, le reste ne serait plus qu'un coup de main vigoureux.

Deux compagnies s'avancèrent en bataille, deux autres les suivaient. Les assiégés purent remarquer des hommes armés de haches qui marchaient au premier rang.

— Enfants, dit l'armurier qui se trouvait posté à la seconde palissade, choisissez chacun un chapeau à plumes et visez juste. Jonas doit tirer le premier.

Quoique l'ennemi s'avançât en bon ordre, on remarquait cependant de l'hésitation chez les officiers.

— Approchez, approchez, habits rouges, dit Jonas à demi-voix, nous allons leur donner une teinture fraîche, approchez.

Et les Anglais approchaient effectivement : dix soldats armés de haches, ayant en tête un sergent, entrèrent dans le petit sentier du rocher ; derrière eux une colonne de trois hommes de front, venait au pas militaire, tambours en tête.

— Ils veulent entendre aussi notre musique, dit Jonas en serrant les lèvres et aspirant fortement l'air. Camarades, aux meurtrières des portes.

Les assiégés commencèrent un feu terrible contre les Anglais. Ceux-ci reculèrent en assez bon ordre, laissant la terre couverte de morts et de blessés. Ce ne fut qu'à deux portées de fusil qu'ils osèrent faire halte.

Enthousiasmés par le succès, les compagnons de Jonas voulaient faire une sortie.

— Non pas, camarades, non pas, cria la forte voix de Jonas; nous irions perdre l'avantage que nous avons. Comptez-les donc les habits rouges, ils sont encore huit contre un. Allez nettoyer le chemin, enlevez les armes et les munitions, et, en bonne guerre, ce que vous trouverez vous appartient.

Deux heures après, un soldat, portant un drapeau blanc, au bout de sa baïonnette, partit de la troupe anglaise et s'avança au bas du rocher.

— Je vais savoir ce qu'il demande, dit Jonas; ouvrez la porte.

Le parlementaire se tenait au pied du talus. Jonas le salue avec plus de courtoisie qu'on n'eût dû en attendre d'un homme qui abhorrait les Anglais.

— Que demande ce drapeau parlementaire? dit-il.

— Suspension d'hostilités pour enlever les blessés et les morts.

— Accordé, fit Jonas en s'inclinant; et, rentrant ensuite dans le chemin creux, il disparut aux yeux des Anglais.

Ce fut les pieds dans le sang que les gens du fort se hâtèrent de rétablir la première porte. Pendant ce temps-là, les ennemis emportaient sur leurs fusils comme sur des brancards les corps qui gisaient dans la plaine. C'était un bien triste, un bien déchirant spectacle de voir tant d'hommes pleins de vie, quelques heures auparavant, emportés, les bras, les jambes pendants, sur les instruments meurtriers de la guerre. L'ennemi se recula encore, et alla s'établir presque sur la lisière des forêts ; on le vit, du fort, tracer des lignes, s'entourer de branchages et de troncs d'arbres : il se retranchait. Ses pertes devaient être énormes, surtout en officiers, les canardières portaient juste et loin.

Les défenseurs du fort se félicitaient de l'heureux stratagème inventé par Jonas, tandis que l'ennemi se préparait à prendre une terrible revanche de sa défaite. Deux cents hommes environ, sans compter la foule de serviteurs que les armées anglaises, auxquelles il faut le confortable, traînent toujours après elles, étaient restés auprès des embarcations qui contenaient un matériel et des provisions considérables.

Ordre fut aussitôt expédié d'envoyer les canons, encore à bord, et de déblayer le terrain du lieu de débarquement à celui du campement. Le travail se fit avec d'autant plus d'ardeur que l'orgueil britannique venait d'être cruellement humilié. Quand le jour parut, une longue file de nouveaux soldats se dirigeait vers le campement, escortant les canons et les chariots chargés de vivres.

L'atelier de l'armurier, protégé du côté de la plaine par une masse inattaquable de rochers, fut désigné comme lieu de refuge, et des cavités furent creusées dans les terres, derrière les palissades, pour abriter les assiégés. Des deux côtés on travaillait activement, et pour la défense et pour l'attaque. La nuit s'écoula cependant sans accident, mais elle avait été bien employée des deux côtés. Le fort se trouvait en meilleur état de défense, mais les Anglais avaient mis en batterie leurs canons à demi-portée de fusil du rocher, et derrière des murs de gazon. Ce furent eux qui ouvrirent le feu : étables, maison, chapelle, tout fut balayé, détruit par leurs biscayens, mais les palissades furent à peine entamées. Quelques éclats blessèrent les hommes du fort, enfouis qu'ils étaient dans des trous pratiqués dans la terre.

Quand la nuit mit fin à la canonnade, les Anglais s'aperçurent que s'ils avaient détruit les maisons, ils avaient à peine entamé les palissades. Il faut noter que pas un seul coup de carabine n'avait été tiré du fort.

On eût recours, du côté des Anglais, à leurs sauvages alliés, les Iroquois ; mais ils refusèrent d'attaquer le fort durant la nuit. La première défaite des Anglais les effrayait.

Les personnages principaux du fort se trouvaient réunis dans l'atelier de l'armurier, après avoir placé les sentinelles.

Il s'agissait de bien examiner leur position ; les Anglais, malgré leurs pertes, se trouvaient encore au nombre de plus de quatre cents hommes bien armés ; le fort n'en comptait que quarante, dont trois blessés. Le canon avait endommagé la première palissade, après avoir détruit les habitations ; c'était le canon qu'ils avaient à craindre, il mettait les ennemis hors la portée de leurs balles. Jonas proposa de faire une sortie de nuit et d'aller enclouer les canons. L'entreprise était dangereuse, la batterie se trouvait protégée par un rempart en gazon et probablement un fossé.

Les obstacles n'effrayaient point l'intrépide chef des

partisans, il renouvela sa proposition. A l'instant où l'on discutait à ce sujet, un Indien entra dans l'atelier : c'était le Buffle. Chinkow ne devait pas être loin.

On apprit de lui que le chef des guerriers mohawks se trouvait sur les derrières des Anglais, et que son intention était de tenter de s'ouvrir, la nuit même, un passage jusqu'au fort, les Iroquois se trouvant à l'est du camp anglais.

— Peau-Rouge, dit Jonas, peux-tu retourner ce soir vers ton chef?

— Je le peux, le lac est libre.

—Ah ! tu es venu par le lac?

— Vois, dit l'Indien en étalant sa couverture mouillée, j'ai passé sous la chute.

Jonas, après avoir communiqué son plan à ses amis, dit au Buffle :

— Va, dis à Chinkow que, quand il tentera de traverser les lignes anglaises, de bonnes carabines lui ouvriront le passage. Va, et que ce soit aux premières heures du jour, les habits rouges dorment bien.

L'Indien, après avoir réparé ses forces, se disposait à partir. Soudain, il s'arrête immobile, et reste dans cette situation quelques instants, les autres personnages se tenaient au fond de l'atelier, causant fort haut, le bruit de la chute l'exigeait.

— Quoi? dit d'Arville en remarquant la position de l'Indien

— Le chef normand n'entend-il point? demanda l'Indien. Les chiens grondent, un bruit sourd s'élève de la plaine.

— Le vent du nord souffle avec violence, fit d'Arville.

Les chiens sont habitués à l'entendre et ne grondent point.

Ce court colloque avait attiré l'attention de l'armurier et de Jonas.

— Que dit l'Indien ? demanda le premier à d'Arville.

— Il dit qu'il entend un bruit extraordinaire et que les chiens grondent.

— C'est ce que je saurai à l'instant même, fit Jonas en prenant sa carabine et sortànt de l'atelier.

Il descendit jusqu'à la plus haute palissade ; la sentinelle avait aussi entendu des murmures.

— Je croyais que les forêts se rapprochaient, tant le bruit rassemble à celui des rameaux agités par le vent, dit-elle.

Les hommes en surveillance derrière la seconde palissade se montrèrent inquiets.

— Nous ne pouvons expliquer ce que nous entendons depuis le commencement de la nuit. Cependant, voyez, le camp ennemi est tranquille, leurs feux sont allumés.

Sans en écouter davantage, Jonas ôta la traverse de la porte, s'engagea dans le petit chemin, arriva à la première porte et entendit parfaitement un bruit semblable à celui que font les bûcherons en entassant les rameaux des arbres abattus. Il inspecte sa carabine, puis ouvre lentement la porte ; il se trouve arrêté par un monceau de bois sec qui obstruait le passage. La lumière se fit dans son esprit : il ferme, consolide la porte et retourne à l'atelier.

— Amis, s'écria-t-il, le canon ne suffit plus aux lâches Anglais, ils ont recours à l'incendie, ils ont entassé des fascines au pied des palissades.

Tous comprirent le nouveau danger.

— Que faire? demanda Jonas; une sortie est impossible, la porte est obstruée de troncs secs.

Il y eut un long silence, silence indice de l'indécision. D'Arville, avec la dignité d'un chef indien, prit la parole :

— Que faire? dit-il; s'assurer d'abord du travail de l'ennemi, s'il est étendu autour de toute la palissade, puis défendre les approches de la seconde.

— Le vent est si violent, dit Robert, qu'il poussera l'incendie jusque sur les ruines des étables, puis des maisons.

Cette prévision leur parut malheureusement trop fondée.

— Je reviens, dit d'Arville en quittant l'atelier.

Il rentra effectivement peu après.

— Nous pouvons sortir par le sentier de l'est. Le feu ne brûle pas le rocher. Préparons des cordes, le chemin est trop difficile dans les ténèbres.

— C'est très bien, dit Jonas; préparez tout pour la sortie, mais ni mes gens ni moi n'abandonnerons ce rocher que devant l'incendie; il faut que la conquête coûte du sang à l'ennemi.

A l'instant une masse de fumée brûlante s'engouffra dans l'atelier, et on entendit distinctement le crépitement des flammes, puis des hurlements épouvantables et des hourras de triomphe poussés par les Anglais à la vue des progrès des flammes.

— Nous avons maintenant un rempart que les ennemis ne franchiront pas de sitôt, dit l'armurier. Allez, occupez-vous des préparatifs pour la sortie, Robert et mes deux autres fils resteront ici; j'ai aussi mes préparatifs à faire.

— Enfants, leur dit-il, prenez ces pioches, creusez aussi profondément que vous pourrez, le temps nous presse. Il alla au fond de l'atelier, en rapporta un baril de poudre, puis deux autres, les descendit dans le trou creusé par ses fils, les mit en communication l'un avec l'autre, défonça celui du haut, y introduisit un vieux canon de fusil, plein de poudre, le coucha horizontalement, et y adapta une longue bande d'amadou ; ensuite, aidé de ses fils, il entassa sur la poudre tous les outils de son atelier, les couvrit de peaux, sur lesquelles ils ramenèrent les terres de l'excavation.

— C'est mon dernier adieu aux envahisseurs de mon pays. Vous me comprenez, mes enfants?

— Mais, mon père, dit Robert, pourquoi ne pas fuir avec les autres?

— Ah! lui répondit-il, tu ne m'as donc pas compris! quand nous serons contraints de fuir, c'est que les Anglais monteront à l'assaut bravement après l'incendie. Cette bande d'amadou n'atteindra, en brûlant, la poudre du canon que dans une demi-heure au plus. Tu vois, Robert, que nous aurons le temps de descendre avec les autres.

Animé par le vent, l'incendie montait, montait crépitant, sifflant, lançant sa tête ondoyante, éparpillant les étincelles; les étables étaient en feu, on entendait les mugissements des bœufs, leurs trépignements de fureur et d'épouvante. La flamme avait mordu à la seconde palissade, et formait une seconde ceinture embrasée sur la demi-circonférence du rocher. Les hourrahs des Anglais, les hurlements des sauvages couvraient tous les autres bruits. C'était une scène digne de l'enfer.

Soudain, au milieu de tous ces bruits, de tous ces mugissements, le bruit d'une fusillade très vive traverse l'air.

— C'est Chinkow, dit Jonas, il attaque le camp anglais, sortons, tombons sur les ennemis, ils nous croient entourés de flammes.

L'Indien surnommé le Buffle s'approcha de l'armurier qui paraissait incertain du parti qu'il devait prendre :

— Va, lui dit-il, j'ai vu et j'ai deviné. Le Buffle mettra le feu à la mèche quand il en sera temps.

— Mais les Anglais ne reviendront que durant le jour, lui répondit l'armurier. Ils vont courir au camp.

— Chinkow est chef, il est sage et prévoyant ; va, et tes désirs seront accomplis. L'Indien passe où ne passe pas une peau blanche.

— Venez, dit d'Arville, il fera ce qu'il promet.

La fumée était si intense que les hommes du fort purent descendre à l'aide de cordes, le sentier qu'ils avaient eux-mêmes rendu impraticable pour leur sûreté. Quand ils se trouvèrent réunis au bas du rocher, Jonas proposa encore d'attaquer les Anglais : d'Arville fit observer que la fusillade venait de cesser, que probablement Chinkow s'était retiré dans les forêts.

— Cette intervention assure notre retraite; allons au lieu du débarquement, nous y trouverons des ennemis et des embarcations pour fuir sur le lac.

Ils se mirent en route, évitèrent un détachement anglais qui se rendait au camp, et atteignirent un rocher qui dominait l'anse où toutes les embarcations anglaises se trouvaient réunies. Une seule, la plus proche de la rive, était éclairée par un feu brillant à l'arrière ; autour de ce feu, une dizaine d'hommes fumaient et buvaient. Les fugitifs du fort s'approchèrent sans dissimuler leurs pas, sautèrent dans l'embarcation et mirent en joue les hommes sans défiance qui les prenaient pour des amis. On saisit quelques armes éparses sur le pont et on s'empara des hommes. Les autres barques n'étaient point gardées.

— Poussez au large, dit d'Arville.

— Oui, oui, au large, cria Jonas ; mais pour faire un feu de joie de toutes ces embarcations. En attendant, cassons la tête à ces drôles.

Cet ordre révolta l'armurier.

— Jonas, dit-il, ce serait un lâche assassinat ; jetons-les à terre. Brûlons toutes les barques qui ne nous sont pas nécessaires, nous pourrons, du lac, voir ce que les Anglais feront dans nos habitations incendiées.

Cela fut ainsi. Ils gardèrent les deux plus grandes barques; elles étaient chargées de munitions et de provisions de bouche.

Toutes les barques furent poussées assez avant dans le lac, et les partisans s'occupaient à les visiter et à en retirer tout ce qui pouvait être à leur convenance avant de les livrer aux flammes, lorsqu'un coup de feu partit du rivage.

Le grand, l'intrépide Jonas, frappé à la tête, tomba sur le pont de la barque; il était blessé mortellement. Il ne dit pas une parole, ses yeux s'ouvrirent démesurément, puis se fermèrent : il était mort. Ce fut un instant de consternation. D'Arville cria : Au large, remorquez les barques; et ils se mirent au-delà de la portée du fusil, en envoyant une décharge de carabines sur la rive du lac.

Cette mort inopinée, à l'instant du succès, sembla paralyser tous les courages. Le dernier chef des partisans français venait d'être frappé à mort.

Montaubert mit sur ses genoux cette tête pâlie par la mort; aux premières lueurs du jour, il cherchait encore des signes de vie dans ses yeux. Sa main, posée sur le cœur, en attendait des battements, il crut entendre un faible bourdonnement s'en élever, puis ce fut le calme, l'immobilité de la mort.

D'Arville, ferme comme un Indien habitué à de pareilles scènes, faisait briser les ponts, les mâtures, les bancs des barques, et les entassait dans les cales. L'étincelle pétille, la flamme brille, elle est jetée dans toutes les barques destinées au feu, et les deux qu'ils montaient prirent le large en se dirigeant vers le rocher, d'où des masses de fumée s'étendaient sur le lac, laissant derrière elles la lueur mourante de l'incendie.

Ils s'arrêtèrent à environ un mille, contemplant avec tristesse les ruines de leurs habitations et attendant de voir flotter l'orgueilleux pavillon de la Grande-Bretagne pour laquelle l'incendie venait de faire une conquête. Ce ne fut qu'environ une heure après que la lunette leur fit découvrir des uniformes anglais au sommet du rocher.

L'armurier n'en détachait pas les yeux, il attendait l'explosion.

— D'Arville, dit-il, le Buffle a été tué.

— Patience, lui répondit celui-ci ; l'Indien attend avec calme le moment d'agir. Le temps s'écoulait, le rocher se couvrait de soldats, et un immense drapeau fut déployé sur un pan de la chapelle détruite par le canon.

Alors une épouvantable détonation ébranla les airs, des morceaux de rocher, des corps humains, des débris de poutres furent lancés vers le ciel par une gerbe immense de feu ; le Buffle avait choisi son moment. Le drapeau aussi enlevé dans l'air fut emporté par le vent et alla tomber dans le lac, à plus d'un demi-mille du rocher.

Ils étaient trop attentifs à ce qui se passait sur le rocher pour remarquer un petit canot qui glissait le long de la rive vers l'ouest. Le Buffle le manœuvrait avec vigueur, non qu'il craignît d'être poursuivi par les balles ennemies, ce qui venait de se passer sur le rocher l'occupait assez, mais il avait découvert les deux grandes barques, et, ignorant que les partisans et d'Arville les montaient, il fuyait, cherchant à distance un point où il pût sauter à terre.

Quand les barques reprirent leur course vers l'ouest, l'œil du sauvage distingua sur l'avant de la plus rapprochée de la rive la grande taille de Robert, alors il dirigea son canot vers elle, et fut bientôt bord à bord. Un Européen, après un coup aussi audacieux que celui que venait d'accomplir le Buffle, se serait montré désireux de félicitations. Il n'en fut rien ; l'Indien, après avoir hissé le canot à bord, alla s'asseoir modestement auprès de d'Arville ; celui-ci lui dit :

— C'est bien, tu es un guerrier ; et ce fut tout.

L'intention de l'armurier et de d'Arville était de se rendre au village naissant de la mission, où ils avaient envoyé leurs femmes et leurs enfants, et de prendre conseil du père Arnoul sur ce qu'ils avaient à faire pour leur avenir; d'Arville ne songeait qu'à rester dans les forêts. Les goûts de sa nature, ses habitudes d'enfance, et enfin le sang indien qui coulait dans les veines de toute sa famille, l'éloignaient des établissements des véritables peaux blanches. Quant à Montaubert, c'était bien différent, il allait se trouver réduit à mener la vie du sauvage indien ou du chasseur de fourrures; il se trouvait déjà trop âgé, et il avait une femme et un enfant jeune encore. Quant à ses trois fils aînés, ils pouvaient continuer la vie de chasseurs, qu'ils menaient depuis longtemps; mais s'allieraient-ils à des Peaux-Rouges? Leur retour dans la colonie n'était plus possible.

Il était agité de ces incertitudes, attristé à la vue du corps de Jonas, étendu sur le pont sous une couverture. Il devait être enterré, avec les prières de l'Eglise, à la mission du père Arnoul.

— Pauvre Jonas, dit tristement l'armurier en soulevant la couverture pour voir son ami. Nous te pleurons, et cependant les souffrances de la terre sont finies pour toi!

D'Arville s'approcha de l'armurier, et lui dit :

— L'Anglais sait maintenant ce qui est arrivé à ses barques; s'il nous voit remonter vers l'ouest, il enverra ses guerriers vers l'ouest. Voguons vers le sud, il ne pourra pas nous poursuivre sur l'eau sans embarcations.

Aussitôt l'ordre fut donné de se diriger vers la rive opposée du lac. Les Anglais, déjà abattus par leurs défaites, ne surent dequel côté se dirigeaient réellement les barques, et songèrent à la retraite. Dès que la nuit se fut étendue sur les eaux, les embarcations changeant leur marche, pointèrent vers la rive nord, et atteignirent le voisinage de la vallée de la mission vers le lever du jour. Ils y trouvèrent la population, encore peu nombreuse, en grand émoi. On y craignait l'arrivée des Anglais.

Le récit des événements rassura le père Arnoul : il jugea, avec raison, qu'après les échecs qu'ils venaient d'éprouver, au lieu de chercher à s'avancer dans les forêts, ils songeraient à une retraite que les circonstances commandaient.

Il fit tous les préparatifs nécessaires pour donner à Jonas une sépulture chrétienne, et toute la mission fut convoquée pour assister à cette triste cérémonie.

Chinkow arriva le soir même : après sa tentative pour se rendre au fort du rocher, il s'était retiré dans les forêts, sans cesser de surveiller les Anglais. Ses guerriers avaient enlevé plus d'une chevelure, mais voyant la flamme dévorer le fort, ayant entendu l'épouvantable détonation qui s'en était suivie, il avait cru que c'en était fait de ses amis et s'était replié lentement vers la mission pour la protéger en cas d'attaque. Ses guerriers, laissés en observation, lui avaient rapporté que les Anglais, leur stupeur passée, avaient levé le camp et commençaient à se diriger vers l'est, emmenant un grand nombre de blessés. Quant aux morts, ils avaient été enterrés dans le camp même.

Les ennemis ignoraient-ils la prise et la destruction de leurs barques ? c'est ce que les Mohawks ne purent dire.

Toujours était-il que, loin de songer à s'avancer dans le pays, ils étaient en retraite et reprenaient la route qu'ils avaient suivie en venant attaquer le fort du rocher. Rassurés par ces rapports, blancs et Peaux-

Rouges se rendirent à la pauvre petite chapelle en troncs d'arbres, où allait se célébrer la cérémonie funéraire pour le brave Jonas.

Elle fut simple et touchante : ces durs et intrépides partisans ne purent voir descendre dans la fosse le compagnon, le chef qui, depuis si longtemps, avait partagé leurs luttes et leurs privations, sans éprouver cette douleur profonde que l'on ressent à la perte d'un ami, d'un frère. Le petit discours que le père Arnoul fit sur la tombe releva les courages un instant abattus.

Ses paroles eurent des résultats auxquels le père Arnoul ne s'attendait point. L'armurier et d'Arville, tous deux déjà avancés en âge, prirent le parti de se fixer au lieu de la mission, de renoncer à toute tentative de guerre, et de terminer leurs jours sous la direction du père Arnoul. Chinkow et ses guerriers vinrent s'établir au village de la mission, renoncèrent aussi à enlever des chevelures et se consacrèrent aux chasses, aux petits travaux que l'armurier et ses fils pouvaient leur enseigner. Quant aux compagnons de Jonas, qui avaient désigné pour lui succéder dans le commandement Philippe, qui servait de lieutenant à leur ancien chef, ils déclarèrent au vénérable missionnaire qu'ils allaient s'enfoncer dans les contrées de l'ouest et vivre de la vie des forêts durant quelque temps encore, car ajoutait Philippe, si les Anglais savaient que nous restons avec vous, et ils le sauraient, ils viendraient inquiéter et probablement détruire votre sainte résidence.

En nous éloignant nous vous protégeons encore.

CONCLUSION.

L'hiver était dans toute sa rigueur; une couche épaisse de glace couvrait les eaux du lac, plusieurs pieds de neige s'étendaient sur la terre, et les branches des arbres se courbaient sous le poids des neiges presque réduites à la consistance de la glace, lorsqu'on aperçut sur le lac un homme glissant sur ses raquettes, et se dirigeant vers le petit village au-dessus duquel s'élevaient des colonnes de fumée aussitôt condensées par le froid.

Le père Arnoul, qui l'aperçut le premier, fit sonner la petite cloche. C'était un signal d'hospitalité; l'arrivée d'un étranger faisait un événement; on se rendit à la maison de réunion, où bientôt un feu immense répandit une douce chaleur. Le Père, l'armurier et d'Arville sortirent au-devant de l'étranger.

Deux couvertures l'enveloppaient; un bonnet de peau lui tombait jusque sur les yeux, et sous son bras gauche se montrait une longue carabine, tandis que dans la main droite il tenait un long bâton qui lui servait à guider son glissement sur la neige; c'était un Indien. Il poussa une exclamation de joie à la vue des trois personnes qui se présentèrent devant lui.

— Heugh! le Buffle, dit d'Arville; viens, viens.

Le Buffle, ce brave et fidèle guerrier de Chinkow, apportait des nouvelles intéressantes. Il avait reçu l'ordre de suivre les Anglais, d'explorer leurs mouvements et surtout de s'assurer du parti qu'ils avaient pris; il avait accompli sa mission avec autant de sagacité que de courage, et suivi les Anglais en retraite, jusqu'à ce qu'ils fussent arrivés à un de leurs comptoirs. Il venait rendre compte à son chef, qui lui avait désigné la mission comme point de ralliement.

Le laconisme de l'Indien ne serait pas compris du lecteur, nous y suppléons.

L'Indien surnommé le Buffle s'était approché du camp anglais, après la catastrophe du fort du rocher. Tout y était en désordre. Il paraît que presque tous les chefs avaient été tués. Les Iroquois qu'il avait seuls à craindre se tenaient vers l'est, il put donc, avec la sagacité d'un Peau-Rouge, suivre tous les mouvements de l'ennemi. Le reste de la journée fut employé si tumultueusement qu'il jugea que l'ennemi était démoralisé.

Durant la nuit qui suivit le désastre du fort, le camp fut dans une grande agitation; aux premières lueurs du jour, il put voir les Anglais s'éloigner en masse, sans beaucoup d'ordre, et prendre la direction du point où ils avaient laissé leurs embarcations. Le Buffle pénétra dans le camp abandonné et remarqua une élévation énorme de terre fraîchement remuée, il en conclut qu'elle recouvrait les morts. Le sol était couvert de débris de toute nature et de beaucoup d'armes. Il recueillit tout ce qu'il trouva à sa convenance, et le cacha sous des halliers voisins. Il suivit ensuite la retraite de l'ennemi jusqu'au lieu de l'embarcation. Ce fut alors qu'il fut témoin d'un épouvantable désordre. Les embarcations brûlées, ou emmenées, contenaient leurs provisions de campagne, leurs munitions et leurs moyens de retour; tout avait disparu.

Aux clameurs, au désordre succéda un silence profond, et peu après le Buffle vit les Anglais, divisés en petites troupes, s'enfoncer dans les forêts qui bordaient le lac. Les Iroquois tombèrent alors sur le lieu de halte, et s'en éloignèrent chargés des débris que la troupe avait abandonnés pour ne pas ralentir sa retraite à travers les forêts. Le Buffle ne se rendit sur ces lieux qu'après le départ des Iroquois qui suivaient les colonnes anglaises, plutôt comme des maraudeurs que comme des alliés. Il n'y trouva pas beaucoup à glaner, les avides Iroquois avaient passé par là.

Durant cinq jours il suivit la retraite déplorable de l'ennemi, qui laissait des morts et des débris sur son passage; mais ce qui attestait la présence des Iroquois, c'est que les morts étaient tous scalpés.

Les Anglais ne se rallièrent qu'à leur premier comptoir où se trouvait une forte garnison. Le Buffle avait cessé de les suivre, et était revenu rendre compte à son chef de la mission.

Voici les renseignements que nous pouvons ajouter : la petite armée anglaise, d'abord composée de six cents baïonnettes, se trouvait réduite par les combats, les maladies et les hommes morts de fatigue et de froid durant cette campagne, à environ cent cinquante à cent soixante hommes valides. Elle ramenait peu de blessés.

Dès que cet insuccès fut connu à Québec, le gouverneur prit toutes ses mesures pour que le bruit n'en fût pas répandu dans la ville, et chose que les circonstances rendent vraisemblable, il crut, sur le rapport des chefs de l'expédition, que les partisans français-canadiens avaient tous péri dans la ruine du fort du rocher, ce que les gens de l'expédition se gardèrent bien de démentir. Il s'ensuivit ou qu'il ne voulut plus employer de troupes dans ces territoires, ou qu'il crut réellement qu'elles n'y étaient plus nécessaires.

Cependant de nouveaux comptoirs furent établis, avec bonne garde, le long des cours d'eau sortis du lac Supérieur, et le trafic des pelleteries reprit avec activité.

Pendant ce temps-là, la résidence de la mission prenait des accroissements. On défrichait les terres; les habitations s'élevaient autour du village, et les Indiens des environs y apportaient leurs pelleteries et leur venaison.

Les partisans français-canadiens s'étaient installés chez les nations plus éloignées, et si bien identifiés à leurs mœurs, qu'ils s'y étaient définitivement établis, étonnant même les Peaux-Rouges par leur courage indomptable et leurs forces à supporter les fatigues de la vie des forêts.

Les fils de l'armurier finirent par se fixer dans le village de la mission, et par s'allier avec les filles du sang-mêlé d'Arville. Les barques enlevées aux Anglais compensaient et au-delà les pertes qu'ils avaient subies dans le fort du rocher. A l'époque où éclata la révolution qui arracha les nouveaux Etats-Unis à l'Angleterre, la mission du père Arnoul était florissante et n'avait point été attaquée par les Anglais, avec lesquels elle se trouvait en relations de commerce.

FIN.

TABLE.

INTRODUCTION HISTORIQUE. 5

CHAPITRE PREMIER.

Détails préliminaires. — Le général Montcalm. — Prise de Québec. — Tentatives des partisans français. — L'armurier Montaubert renfermé à l'arsenal. — Titi l'idiot. — Evasion de l'armurier. 9

CHAPITRE II.

Position de Québec. — Situation des Anglais dans cette ville. — Ils découvrent les traces de l'armurier. — Poursuite. — Rencontre au plateau du Combat. — Embarras. — Mécontentement de Chinkow. — La rivière. — Industrie de l'armurier. — Retour au plateau. — Ambroise Geslin. — Fin de l'histoire de Titi l'idiot. — Les sauvages s'éloignent. 22

CHAPITRE III.

Origine du métis d'Arville. — Aventures de son agent. — Continuation de la marche. — Aventure. — Deux ours. — Passage de la chute. — Halte dans une anse. — L'armurier éveillé par Chinkow. 44

CHAPITRE IV.

Observations de Chinkow. — Découverte d'un campement. — L'armurier dans le campement. — Quels hommes l'occupaient. — Réunion. — Un parti de Chippewais. — Nouvelles. — Voisinage ennemi. — Etourderie d'Ambroise Geslin. — Un trophée de Chinkow. — Continuation de la marche. — Les deux daims. — Prétentions d'Ambroise. — Décision de Chinkow. — Ils trouvent d'Arville le métis. 66

CHAPITRE V.

Description de l'habitation du rocher. — Un arrivage signalé. — Nouvelles de Québec. — Projets de d'Arville. — Chinkow pressent l'ennemi. — Préparatifs. — Sortie de Chinkow. — Les ennemis surpris et massacrés. 88

CHAPITRE VI.

Québec. — Espérances des Anglais. — Panique. — Préparatifs secrets d'expédition. — Occupations des gens du fort. — Barque sur le lac. — D'Arville va en reconnaissance. — Préoccupation de Montaubert. — D'Arville en embuscade. — Mort d'un Iroquois. — Retour au fort. — Départ des femmes et des enfants. — Jonas de retour. — Arrivée des Anglais. — Attaque repoussée. — L'Anglais a recours à l'incendie. — Préparatifs des assiégés et de l'armurier. — Evacuation du fort. — Les barques anglaises prises. — Mort de Jonas. — Explosion du fort. — Arrivée à la mission. — Séparation. 110

CONCLUSION. 140

Limoges. — Imp. Eugène ARDANT et Cie.

www.ingramcontent.com/pod-product-compliance
Lightning Source LLC
LaVergne TN
LVHW010610110826
845149LV00003B/853

* 9 7 8 2 0 1 3 7 5 1 7 5 9 *